共命鸟

赵恺诗集

图书在版编目（CIP）数据

共命鸟/赵恺著.—北京：人民文学出版社，2016
ISBN 978-7-02-011537-2

Ⅰ.①共… Ⅱ.①赵… Ⅲ.①诗集—中国—当代②散文集—中国—当代③小说集—中国—当代 Ⅳ.①I217.2

中国版本图书馆 CIP 数据核字(2016)第 069846 号

责任编辑　脚　印　付如初
装帧设计　陶　雷
责任印制　苏文强

出版发行　人民文学出版社
社　　址　北京市朝内大街 166 号
邮政编码　100705
网　　址　http://www.rw-cn.com

印　　刷　北京智慧源印刷有限公司
经　　销　全国新华书店等

字　　数　100 千字
开　　本　880 毫米×1230 毫米　1/32
印　　张　8.125　插页 2
版　　次　2016 年 5 月北京第 1 版
印　　次　2016 年 5 月第 1 次印刷

书　　号　978-7-02-011537-2
定　　价　32.00 元

如有印装质量问题，请与本社图书销售中心调换。电话:010-65233595

赵 恺

目录

我的诗歌骨折了 __1

哭墙——致汶川 __2

哭墙——致耶路撒冷 __11

共命鸟 __14

张纯如 __15

孙中山 __17

于是之 __19

梁红玉 __20

母亲 __21

女娲 __22

因为它在那里 __24

潜水者 __26

教皇 __28

船夫 __29

天使合唱团 __31

我们 —32

选择 —34

子宫 —35

最小的祖国 —36

诗问 —37

诗歌饥渴我们以血肉喂养它 —38

日全蚀 —39

光明 —40

权力 —41

墓道 —42

墓穴 —43

昼与夜 —44

肖申克的救赎 —45

戏剧 —46

四分三十三秒 —47

背琴的上帝 —49

( ) —50

侗族大歌 —51

转经筒 —55

西厢记 —58

喜马拉雅大峡谷 —60

鹰 —61

手指 __63

行走的花朵 __65

夜 __67

33 __68

一个孩子的学校 __73

神曲 __74

胸膛 __85

烛光 __86

卢沟桥 __89

大方阵 __95

大撞击 __107

广陵散 __116

蝉歌（50首）

    蝉歌 __119

    冰心的诗 __120

    别人 __121

    财富 __122

    采风 __123

    长度 __124

    当有历史感的摄影家 __125

    等待 __126

地狱的三维 ___127

队列 ___128

貂皮 ___129

毒药 ___131

飞翔 ___132

孤独 ___133

贵妇 ___135

回忆 ___136

记忆 ___137

卑鄙 ___138

甲壳虫 ___139

箭 ___140

进化 ___141

拒绝 ___142

军乐队长 ___143

老兵 ___144

两幅绘画 ___146

两幅油画 ___147

骆驼 ___148

门坎 ___149

母亲 ___150

母与子 ___151

牧羊人在雪地里寻找失落的羊 __152

跷跷板 __153

舍利子 __154

神学 __155

生命 __156

手艺 __157

手指 __158

吮毒 __159

尊严 __160

提琴 __161

小屋 __162

选择 __163

一个字 __164

一棵橄榄树 __165

遗产 __167

重要 __168

羽毛 __169

曾经 __170

铸件 __171

自负 __173

雪原覆盖下的蓝色多瑙河 __174

知更鸟 __175

惊堂木 __177

走出非洲 __179

两棵树 __180

沙雕 __181

岁月 __183

母亲 __184

一只鞋子 __186

行走的书 __187

我在《诗刊》的日子 __188

工作室 __191

我的书房 __196

文字和文学 __199

青年作家 __201

诗歌时代 __203

敬畏创新 __205

杜钩之钓 __211

罪与罚系列

马萨达 __219

禁闭 __221

塞班岛 __225

长枪将军 ___228

干渴 ___234

绞索 ___239

耳语 ___243

十字架 ___247

后记 ___250

我的诗歌骨折了

我的诗歌骨折了,
掩埋于汶川废墟。
已死的截去,
尚存的刨起。
生死之间愈合两行诗:
一行"苦难",
一行"珍惜"。
文学之血,
O型的。

哭墙
——致汶川

苦难倾倒,
生命被压成石头。
十万生命,
想到台儿庄壕沟,
想到诺曼底滩头。
战争—和平,
汶川—中国,
灵魂—骨肉。

挖掘声音,
挖掘寂静,
挖掘祈求。
十指作镐,
在地狱挖掘石头。
挖掘石头,
背负石头,

垒砌石头。
我以国殇结构哭墙，
结构苦难，
结构记忆，
结构拯救。

哭墙很高，
哭墙很长，
哭墙很厚。
人类只为区别非人类：
中国哭墙，
耶路撒冷哭墙，
9·11哭墙，
人类一切哭墙之哭泣，
都珍珠一样晶莹，
都火焰一般炽热，
都热血一般黏稠。

哭墙之根是老百姓呀：
树之一叶，

翼之一羽,
山之一丘。
血之一滴,
火之一缕,
雷之一吼。
箪食瓢饮,
僻街陋巷。
弯弓摇桨,
春种秋收。
再过一万年,
也还是油盐酱醋茶,
也还是稻粱麦菽稷。
苟富贵,不相忘,
若贫贱,长相守。
天塌便赴汤蹈火,
地陷便两肋插刀:
不改老百姓的准则,
不改老百姓的尊严,
不改老百姓的操守。
只要河水依然向东流,

只要玉米依然结穗头。

吃奶的石头,
绘画的石头,
歌唱的石头。
自己被压在课桌下却呼唤着去抢救老师的石头,
为抢救更小的同学而死去的石头,
躺在担架上向拯救举手敬礼的石头。
山风翻开《唐诗三百首》,
阳光抚摸平仄:

  慈母手中线,
  游子身上衣……

诗歌骨折,
热血浸透,
血衣裹着心头肉。

下午,
第一节课,

6

一节才上到二十八分钟的课。
四川、陕西、甘肃，
三个省的教师在讲述，
三个省的孩子在倾听。
黑板是夜空则倾听闪烁，
黑板是田野则倾听拔节，
黑板是草原则倾听啼鸣。
粉笔，
画一条初雪小径。
顷刻之间，
三个省的教师用臂膀构起鸟巢。
空间最宏大的鸟巢，
时间最重大的鸟巢，
道义最伟大的鸟巢：
鸟巢里，
惊恐着未来之翼。

集结号在地狱门前响起。
十万将士：
是森林,是山脉,是水系。

兀兀戎装，
磔磔步履。
十万耳朵倾听二十四小时，
十万肩头负载四十八小时，
十万手掌抠进七十二小时。
拯救生命，
献出生命。
没有血染沙场，
没有马革裹尸，
没有呐喊奔袭。
刀不血刃，
战争埋在和平里。

  石头 石头 石头
  石头 石头 石头
  石头 石头 石头

中国哭墙巍然站起。
国旗在半坡停下脚步，
只为难以承受之轻。

8

五颗星星,
为热爱启明。

变成雨我一块石头一块石头清洗,
变成云我一块石头一块石头擦拭,
变成风我一块石头一块石头磨砺。
点燃一支蜡烛,
映出十万火焰。
火焰长明不熄,
生命美丽如玉。

江河卷过哭墙,
雷霆捶打哭墙,
头颅撞击哭墙。
每一朵激浪都呼唤姓名,
每一尊雷霆都呼唤姓名,
每一颗头颅都呼唤姓名:
世世代代,
年年月月,
梦梦醒醒。

幸存者面对罹难者：
我哭，
哭墙也哭。
我哭干泪水，
哭墙也哭干泪水。
我哭哭墙，
哭墙哭我。
不哭之哭，
最伤情。

我把一首小诗压在哭墙下，
它将扎根，
它将抽条，
它将含苞，
它将以白花把哭墙覆盖成茫茫雪域。
五月，
诗人节。
诗人节，
花期。

10

诗只两行：

…………
…………

一行泪滴，
一行血滴。
失去爱，
生命一片荆棘。

哭墙
——致耶路撒冷

创世纪,
上帝馈赠两件东西:
方舟追求爱,
橄榄枝缠绕和平。
既伤害了和平,
又轻慢了爱哟。
上帝不再眷顾人类,
他把天堂关闭。
于是寻找。
沿着耶路撒冷的苦难之路,
人类希望再出埃及。
八里之遥,
耶稣走了一生,
人类走了两千年。
敲击过坚硬,
感受过冰冷,

摇撼过沉重，
抚摸过粗砺：
十字架，
我认识你！
你这森林中长出的犹大：
让耶稣三次扑倒在耻辱里。
哭墙，
站立的《圣经》，
不可倾覆的精神园地。
石头，
石头，
石头：
大地骨骼支撑着最后的良知和勇气。
扑向哭墙拥抱石头，
就像拥抱母亲。
猛然看见一个小姑娘，
她很小很小，
小得好像哭墙坠落的一颗泪滴。
没问她站了多久，
只问她为什么而站。

她说,
妈妈丢失了我,
我也丢失了妈妈。
苦难之路着急,
天堂也着急。
就是变成哭墙,
我也站立在这里。
耳朵贴着石头,
我倾听希伯来语言的魅力。
哭墙说:
如果不能变成孩子,
人类怎么能够进入天堂呢?
在爱的等待中,
哭墙缓缓开启。

共命鸟

半为灵魂,
半为身躯:
一只双首之鸟,
飞翔在东方神话里。
一座巢穴,
两种梦醒。
一粒热血,
两颗泪滴。
歌声托举天空,
翅膀覆盖大地:
灵与肉生死相依。

张纯如

张纯如的墓园叫作 "天堂之门"

中国两座南京城:
一座大桥上的城,
一座刀鞘里的城。
骨骼建筑的墓园中,
时间的指尖压住黑色指针。
全部亡灵共用一个名字:
遇难者。
"遇难者"?
难以承受之轻。
三十万子弹,
八年金属之雨。
三十七岁良知,
一万公里勇气:
一次悲壮的灵魂之旅。
生与死在漫长的墓道上,

一一对视,
一一默祷,
一一倾听。
记录被屠杀者灵魂的书,
站立是《墓志铭》,
铺展是《安魂曲》。
二百八十五个页码,
半部《圣经》。
一页一页被风放飞,
落地即叶片,
升空即羽翼。
敲开天堂之门,
雷电托举悲剧。
白天太阳阅读,
夜晚月亮阅读。
满天星星,
是泪滴。
一颗子弹飞行了七十年,
终究追杀了第三十万零一。
忘记屠杀就是第二次屠杀,
天堂之门上,
镌刻人性隐喻。

孙中山

翠亨村长出一座山：

孙
　中
　　山

只能竖写，
不可横排。
站立使一切匍匐失去尊严。
三个字，
史诗一卷。

思想的山，
奔走的山，
呼喊的山。
一叶一盾，
一枝一剑。

18

山之山,
一石压倒玉砌雕栏。

时间雕刻摩崖:
"天下为公"。
东方哭墙,
云卷云舒一百年。

于是之

王府井大街二十三号,
茶馆。
大得像监狱,
囚禁悲惨世界。
小得像鸟笼,
一支羽毛也不能舒展。
香瓜子,
花生豆,
热汤面:
一百年也没能煮开一壶苦难。
硬硬朗朗的,
硬硬朗朗的,
再走几步就是西山。
雷电失语,
我诅咒苍天。
茶馆接着煮,
煮时间。

梁红玉

是女神,
不是女兵。
战鼓是大地的胸膛,
它哺育精神。
轻击是脚步,
重击是雷霆,
不击,
是庄严的和平。
"抗金兵"是象征,
它抗击侵凌。
时间的流水把呐喊漂洗得干干净净,
再把它编织成琴弦一般的声音。

母亲

孩子步履蹒跚的时候,
母亲扶着孩子走。
母亲步履蹒跚的时候,
孩子扶着母亲走。
两千岁的母亲呵护两千岁的孩子,
两千岁的孩子感恩两千岁的母亲。
走进历史,
走进文学,
走进戏剧。
母亲却并不在意荣辱贵贱,
她只是洗衣服。
洗去一切污秽,
让爱洁净。

女娲

苍天负伤,
胸膛殷殷血迹。
失血的原野将变成沙漠,
炼石补天,
大地燃烧自己。
创造用去七天,
疗救也用去七天:
女娲,人间上帝。
烈火含泪工作:
身躯是火,
臂膀是火,
指尖是火:
长发是火焰和风的飘逸。
石头复活了:
双手是鸟巢,
它哺育羽翼。
放飞石头:

满眼大珠小珠,
漫天丝路花雨。
赤橙黄绿青蓝紫,
七个声部的女声无伴奏合唱回旋天际。
金色赠给良知,
蓝色赠给希望,
红色赠给勇气。
银色,
赠给闪电那出鞘之一击。
如同佛的舍利子,
女娲出落成一块美玉。
是美玉依偎着月亮?
是月亮依偎着美玉?
蓝天的绸绢,
抚摸一个东方诗句。

因为它在那里

乔治·马洛里七岁便独自攀上剑桥大学教堂的尖顶。

从那,他就把登上人类的制高点——珠穆朗玛峰定为人生目标,并为实现目标做认真切实的准备。

人们问他为什么攀登珠峰,他答:"因为它在那里。"

三十岁,一切成熟,他出征。

告别如同诀别,让人想到"风萧萧兮易水寒,壮士一去不复返"。

妻子送给他一张照片作为护身符。

那一天:1924年6月8日。

一去不回,音讯渺然。

七十五年后,追随者再攀珠峰,他们的目的是寻觅烈士遗骸。悲壮好比《拯救大兵瑞恩》。

冲击,后撤。

后撤,再冲击:

一场紧贴在太阳近旁的自我战争。

在世界峰顶雪坡上发现了一尊用黑色绒毯拼接起来的十字架。十字架边蒙难耶稣一般躺着人类第一个登峰者的遗体。他的胸袋里,是那帧妻子的照片。

照片背后写着:我把爱放置到天堂门槛上。

潜水者

大海长出西西里岛,西西里岛扎根大海。
岛民多有潜水世家。
一天,一位独坐堤岸的少年发现水之深处有一粒辉光。
他纵身辉光,捞到一枚金币。
他问坐在堤上的一位神甫:金币是您扔下的吗?
神甫说:是上帝。
他问:我怎么把它还给上帝呢?
神甫说:那就还给大海吧。
少年把金币放到崖之极顶,让大海覆盖金色辉光。
自是,他尊崇大海为宗教,尊崇波浪为《圣经》。
舍弃一切,他献身潜水。
他频频创造世界纪录成为深潜大师,并超越人类生理极限。
可是,对一切赞誉他都并不在意。
稻谷不在意对于抽穗的赞誉,

天鹅不在意对于飞翔的赞誉,
雷电不在意对于轰鸣的赞誉。
潜水者只在意潜水,
鱼只在意鳍。
在人生辉煌灿烂的巅峰,潜水者纵身大海融入蔚蓝,海豚一般消失在无限之美里。
神甫说,他是上帝投进生命深处的那粒辉光。

教皇

教皇辞世,一百零八位红衣主教聚集梵蒂冈票选继任。
艰难、痛苦、奇特;
默念、自语、祈祷:
一百零八个人同一个愿望:不要是我!
圣彼德教堂广场人山人海,全世界在这里等待新教皇仿佛等待日出。
他当选了。
他失踪了。
新教皇遁入市井,过了三天百姓生活。
第四天,他回来。
面对人群之海,他说:
离开教堂他去寻找自己。
第一天遇到自由,
第二天遇到创造,
第三天遇到快乐。
三天让他明白一个真理:
他不能引领它们而必须被它们引领,
它们是他的教皇。
说完平举双臂,转身离开大海仿佛一尊十字架。

船夫

一个非凡的家庭,出现一个非凡的青年。

有权势,有名声,有财富:命运垂青,他前途无限。

可是这位青年孤独寂寞,郁郁寡欢。

他说,他缺少一件最最珍贵的东西:宁静。

抛弃一去寻觅宁静。

去高山,去森林,

去城市,去乡村。

去白昼,去黑夜,

去雪原,去花径。

功名利禄,声色犬马:他寻觅到世人苦苦寻觅的一切。

可是这一切恰恰都是为他拥有并为他鄙弃的东西呀。

黑瘦了,

疲累了,

衰老了,

可是他没有放弃。

一天,遇到一条河。

要渡河,他没有钱。

摇船长者说,渡一个没有渡河钱的人渡河,不就是对船夫的奖赏吗?

他上了船。

上船就没有下船:和长者一道摇桨,直到长者摇不动桨。

在把木桨交给他的时候,长者问:

你要去寻觅为什么偏偏又不下船了呢?

他说,送世人到彼岸,让他们各自寻觅各自的寻觅,他们欢乐。我祝福他们的欢乐。

而我的寻觅恰恰在河里。

长者缄默不语。

他接着说:

逝者如斯,不舍昼夜,不就是时间吗?

流水无限,时间无限,不就是生命吗?

河水教给我倾听。

我倾听到生命中最为重要的东西:宁静。

宁静叫我明白:人生最重要的寻觅,就在自己心里。

天使合唱团

世界上最年轻的合唱团在妇产科,
人类最初的音符始于击打。
无伴奏,
多调式,
立体声。
歌词只有也只需一个字:
啊。
人之一生,
始于斯,
终于斯。

我们

我们互相骇异：
可以激活，
可以窒息。
爱无方式，
心原来是可以这样跳动的。

我们是门之两扇，
门栓，
一道是你的膀臂，
一道是我的膀臂。
关是自己，
开是自己。
启闭之间，
区别天堂地狱。

两个人的军队，
一支世界上最小的军队，

我们的仇敌是爱的仇敌。
上帝说,让他们相爱吧,
于是我们便是两卷本《神曲》。
《神曲》无字,
只一行目光,
便使一切诗行进退失据。

选择

如同灵魂选择身躯,
我在一个民族中选择了你。
置日之阳刚于不顾,
置月之阴柔于不顾,
再用绿叶作帷幕把心房遮蔽。
静静地,细细地,
我以热血爱你。
爱到白雪满头,
爱到皱纹暗起,
爱到时间悄然老去。

子宫

坐在皇宫里的是皇帝,
坐在子宫里的是小皇帝。
每一位母亲都是一座宫殿,
告别宫殿时的同一声呐喊是世界语。
世界语都光着屁股,
安徒生说:
皇帝的新衣。

最小的祖国

失去母亲:
天空失去翅膀,
诗歌失去韵脚,
眼睛失去泪滴。
黑夜哭了,
她哭着创造黎明。

画梦,
画醒,
画梦和醒的生死相依。
把怀抱画成祖国,
一个人的祖国,
一个世界上最小的祖国,
小得宪法只有两个字:
"母亲"。
躺在母亲怀抱,
如在子宫里。

诗问

一位青年问什么是诗?
我反问:能告诉我什么是爱吗?
他说:在伊甸园,
夏娃的左臂疼痛,亚当的左臂也疼痛,
这种疼痛就是爱。
我说,生活左臂疼痛,文字的左臂也疼痛,
——这种疼痛就是诗。

诗歌饥渴我们以血肉喂养它

诗歌寂寞我们以精神陪伴它，
诗歌疲惫我们用骨骼支撑它，
诗歌饥渴我们以血肉喂养它；
诗和我们是手掌之两面。

日全蚀

两辆战车碾死一轮太阳。
诗歌失语,
尸布盖在沉默上。

光明

2013年8月18日
山西一位六岁孩子被挖去眼睛

蓝天被挖去太阳,
大海被挖去波浪,
夜莺被挖去声音。
孩子问:
"为什么天总不亮呢?"
他想画画,
画一轮没有被挖去的光明。

_41

权力

权力者轻慢了权力之中最重要的权力:赦免权。
赦免应当和可能赦免的。
赦免别人恰恰是赦免自己。

墓道

行走在墓道上,
去叩击"地狱之门"。
我要问罗丹:
为什么总是把思想者放逐到这里来呢?
墓道很长,
像《离骚》。

墓穴

航船爆发瘟疫,全家被弃之海滩。
饥渴,孤独,绝望,
他们跋涉。
也止步:
止步埋葬死者。
埋葬妻子。
埋葬孩子。
之后,他每天在睡前为自己挖掘一个墓穴,
他以墓穴引导自己走向远方。

昼与夜

抗争黑暗,
因为信任光明。
没有前景的黑暗,
耻于面对。

肖申克的救赎

两军对垒。
热爱的敌人是冷漠,
优美的敌人是冷漠,
信仰的敌人是冷漠:
生命的敌人已经不是死亡而是冷漠。
冷漠把每一个人的心灵变成单间囚室。
文学应该是肖申克的救赎。

戏剧

有戏,
没剧:
剧烈的爱,
剧烈的恨,
剧烈的思想撞击。
于是畏缩,
不是畏缩进 3G 手机,
畏缩的是一个民族的审美力。
没有长江,
雨花石只是一粒佩饰。
雷霆声声呐喊,
唱诗班里才有弥撒曲。

四分三十三秒

1952年,美国作曲家兼演奏家约翰·凯奇举行钢琴独奏音乐会。

这是艺术家也是艺术史上一次独特奇崛、耐人思索的演出。

作品:《4分33秒》。

这是一部为任何乐器、任何演奏员、任何乐团而写的作品。

三个乐章,没有一个音符。

唯一的标识只有两个字:"Tacet"(沉默)。

大幕拉开,约翰·凯奇出场。

那从容,那舒缓,那飘逸,仿佛来自时间深处。

鞠躬,落坐,庄重虔敬打开琴盖仿佛打开天堂之门。

之后,面对钢琴一动不动仿佛面对神殿。

……

……

……

4分33秒之中,行进着寂静。

结束,合上琴盖仿佛关闭天堂之门。

起立,转身,鞠躬,离去。

那从容,那舒缓,那飘逸,仿佛走回时间深处。

约翰·凯奇的灵感来自东方,来自东方的禅佛感悟。

背琴的上帝
——献给小提琴大师海菲兹

是自由,
不是疆域。
他的祖国:
艺术的良知和勇气。
提琴,
美的特种兵:
精准密不间发,
迅捷风过无迹。
暴风骤雨中,
大师面对一名士兵如同面对一个军团。
潮汐为一双耳朵起落,
明月为一双耳朵圆缺。
种子为一双耳朵播撒,
鸟雀为一双耳朵鸣啼。
上帝的手指变一把提琴为一个交响乐队:
《帕格尼尼第 24 支随想曲》铺天盖地。

( )

冰岛是冰雕。

她有一支乐队:"胜利的玫瑰"。

不诠释生命,他们本身就是生命。

石片的木琴,弓弦的吉他,成人的童声唱诗班:

乐队凸现雕塑之美。

专辑《( )》由八首歌曲组成。

其中一首:《一个小男孩找回隐匿的光明》。

( ),

双臂?

怀抱?

雪花?

树叶?

石片?

波浪?

一双倾听自然的耳廓?

侗族大歌

　　侗族是歌唱的民族,他们的文化以音乐传承。"此曲只应天上有,人间得有几回闻":"侗族大歌"中的"声音大歌"为旷世绝品。

　　巴黎感叹:上帝的音符。

　　维也纳骇异:天籁之美。

　　《蝉歌》是"侗族大歌"的代表作。

种颗石子长座坡,
种滴雨珠长条河。
蓝天之上有歌树,
歌树枝头结歌果。
种下一粒歌之种,
长出一山侗之歌。

阳光炼,
溪水磨,
大山托。

无声变有声,
有声变歌声,
歌声变和声。
无伴奏的山川,
没歌词的日月,
多声部的花朵。

禾苗结侗歌,
鱼尾摆侗歌。
金梭织侗歌,
银针绣侗歌。
腌菜酸侗歌,
米酒醉侗歌。
牛角挂侗歌,
螃蟹夹侗歌。
鼓楼敲侗歌,
长桥走侗歌。
火把照侗歌,
竹楼卧侗歌。

蝉,
一只小小的乐器:
蜕壳的击打,
精致的吹奏,
飞翔的弹拨。
夏歌,
热歌。
叮叮咚咚,
太阳汗珠迸溅;
依依哟哟,
白云手掌抚摸。
一只蝉沉思,
百只蝉叹惋,
千只蝉诉说。
一双翅膀一册乐谱,
漫山遍野的乐谱,
一部侗族大歌。
大歌之大:
大发髻,
大项圈,

大手镯。
大自然，
大生命，
大谐和。
抽一缕声音，
缠住美的耳朵。

转经筒

仓央嘉措(1683—1706)六世达赖喇嘛。出身农家,深悟生命,写下了许多尊崇人性、歌唱爱情的诗章。思想独立带来命运多舛,他历经磨难备受戕害直至被逐出寺庙,孑身苦旅浪迹四方,仆倒于青海湖畔时年方24岁。他的66首作品为藏文原著,结集为《情歌》,或口头流传,或手抄辗转,或木刻印刷,在西藏文学史上享有崇高地位。汉文译本10多种,英、法、日、俄、印等国亦争相翻译,在世界诗坛产生独特影响。

六世达赖,
仓央嘉措。
离蓝天最近的寺庙,
离白云最近的袈裟,
离太阳最近的活佛。

名字是"诗之海洋",

你是诗者活佛。
二十四岁,
年轻的诗者。
三百岁,
不老的情歌。
我也写诗,
我的诗是海之一勺。

一天,
一月,
一年,
一世。
你诵读经书只为倾听一个声音,
你摇转经筒只为触摸一个指尖,
你匍匐山路只为拥抱一个温暖,
你转山转水只为与一个人相见。
把神爱成为人,
你是诗者。
把人爱成为神,
你是活佛。

自是,
我不敢诵读经书只为不敢倾听一个声音,
我不敢摇转经筒只为不敢触摸一个指尖,
我不敢匍匐山路只为不敢拥抱一个温暖,
我不敢转山转水只为不敢与一个人相见。
嘛呢巴咪哞:
与佛融合。
一想到爱,
我和我的诗都将焚毁。
一天,
一月,
一年,
一世。

西厢记

西厢,
生命向东开启。
声音的一砖一瓦,
线条的一门一窗,
色彩的一桌一椅。
三炷高香,
结构东方歌剧。

梦翻墙而来,
醒翻墙而来,
泪翻墙而来:
美,
在月光下越狱。

花瓣蹑足尾随,
叶片蹑足尾随,
雨珠蹑足尾随:

一幕,
一幕,
一幕:
抽一缕阳光,
一一串起。

大幕一旦拉开,
落不下,
停不住,
卷不起:
斑斓水袖缠绕一句:
爱过的,
不可忘记。

喜马拉雅大峡谷

独特抗争平庸:
水往高处流。
波浪以柔软的斧头,
雕刻大地之骨骼。
凿一条玉石长廊,
让阳光奔走。
肩扛世界屋脊,
胸膛里是完整的冬夏春秋。
托举水织的哈达,
把洁白举过额头。
献给太阳和鹰,
鹰是有翅的太阳,
太阳是无翅的鹰:
高贵只与高贵为友。

鹰

昆仑山口,四千五百米。

四千五百米,生命线。

环顾四周,尊尊山头仿佛尊尊铸铁,被天空以云朵之丝绸打磨,闪烁着无规则的冷光。

空间凝固在这里。

时间凝固在这里。

置身昆仑山口仿佛置身宗教祭坛,荣辱成败,去留进退,高度使一切世俗价值失去高度。

这时,在时空组合间升起一只鹰。

超越寒冷,超越饥饿,超越孤独,超越一切生理极限,它一翅一翅坚忍拍击,仿佛船工摇桨。

一圈,一圈,一圈,鹰盘旋而上。

飞到太阳近边,它舒展双翼巍然伫立,仿佛钉牢在光明上。

如果飞不到这个高度,鹰怎么能把辽阔的青藏高原浓缩在自己的双翅之下呢?

如果飞不到这个高度,人们怎么会把它称作苍天之翼呢?

仰望天空仿佛仰望神灵,尊尊山峦俯身世间发
  出金属一般的质问:

你是鹰吗——?

回声盘旋,不绝如缕。

手指

一根手指敲醒一只琴键:
母亲是美的黎明。
最初的吮吸?
最初的触摸?
最初的骇异?
第一次演奏会:
《一根手指跋涉在一只琴键上》。
敲白岁月,
敲瘦键盘,
敲疼旋律。
时间之手把一架钢琴弹奏成一个交响乐团,
音符如同旋转在霍金轮椅上的斑斓天宇。
告别演出坐满世界的耳朵,
金色大厅是回音壁。
斯坦威站立成耶路撒冷哭墙:
只要有爱,
石头都哭泣。

美的终结:
《一尊灵魂嵌入一根骨骼里》。
依偎,
却并不敲击。
指和键相拥流泪:
后排边角母亲的座位上,
生命之柱静静缺席。

行走的花朵

上帝为人类雕塑了两双手,
他把最为得意之作命名为"天足"。
手弹奏天空,
脚弹奏大地。
天空是手的钢琴,
大地是脚的钢琴。
大地的音乐,
把耳朵变成金色大厅。
贴近泥土,
脚是根系。
它吸收,
它孕育,
它绽放。
十片花瓣组成花朵,
脚是行走的花朵。
行走即佛,

人性在跋涉中提升为神性。
对于一切庙宇圣殿，
脚是柱础。

夜

上帝失手,
把叫作"太阳"的金币落进大海里。
潜水者变成鱼,
寻觅第一缕晨曦。

33

一个中国诗人向聂鲁达的祖国致敬:
2010年8月5日,智利圣何塞铜矿矿难,
33名矿工被困在700米深处。9·18国家独立
200周年纪念日,他们在地下举行升旗典礼。

智利,
青铜的你。
扛着聂鲁达的斧头,
我走进他呼唤伐木者的森林。
砰—
砰—
砰—
一行竖写的诗,
写雪山,
写沙漠,
写复活节岛火山石像的神秘。
铜质大山是上帝的雕塑,

座基动摇,
巍峨倾覆为废墟。
哪里生命危难,
哪里就是人类的中心。
33:
有医生,
有海员,
有奥运足球选手,
还有一位年轻的聂鲁达:
铜的骨骼,
铜的血液,
铜的呼吸。
置身地狱写《天问》:
哪一天是金属的复活节呢?

一夜之间铜山长出满山帐篷,
满山帐篷几乎住进一个祖国:
一帐篷热爱,
一帐篷献身,
一帐篷谋虑。

帐篷里诞生一位被困者的孩子——"希望",
苦难营地成为希望营地。
出世就是拯救者,
而拯救一条生命就是拯救一个世界哦,
孩子的声音是上帝的声音。
一公分,
一公分,
一公分,
哭声率领良心坚忍掘进。
胸膛是圣殿,
33座圣殿迎接神的声音。

一条直径30公分的孔洞,
生命之脉管哦,
700米。
地狱开花一般升起一首只有一行的诗:

我们33个人全活着。

叹息不也一行吗?

玫瑰不也一行吗？
琴弦不也一行吗？
闪电不也一行吗？
一行，
美的骇异。

共和国总统在井口朗诵这首诗，
一个祖国应和这首诗，
面对生命，
安第斯山脉含泪肃立。

9·18，
国庆。
33位矿工铺展国旗。
一笔一划，
他们把名字写上国旗仿佛写上母亲衣襟，
国旗拥抱33个名字仿佛拥抱33个儿女。
热爱百姓的国家，
必被百姓热爱。
贴着胸膛，

贴着面颊，
贴着额头，
升旗！
地下700米的升旗，
人类最深刻的典礼。
国旗升得很高很高，
仿佛蓝天上飞翔着铜的羽翼。
33个母语字母结构成智利国歌：

最最亲爱的祖国，
请接受智利儿女的庄严宣誓：
生活在没有压迫的地方，
否则就为自由死去。

一个孩子的学校

吉林山区野猪沟小学只有一个学生。
世界上最小的学校坚持世界上最大的事情:升国旗。

一条鱼的河,
一颗种子的田野,
一棵树的森林。
一缕轮廓光的勾勒,
一根手指的抚摸,
一座额头的吻。
一面旗帜,
一页飘展的诗。
满天星星,
满天眼睛。

神曲

孩子是神,
天籁是《神曲》。
天真让我们不敢正视《神曲》。
真诚让我们不敢倾听《神曲》。

无须时间,无须空间,孩子自己就是时间和空间。
如果世界是一部史诗,孩子是史诗的第一个诗句。

视一切权势为微不足道,
但一草一木都注入他的灵性。
为一只昆虫之死恸哭,
胜过为王者举国哀悼。
为弱者下半旗,
旗帜在他心里。
每一个孩子都是圆心。
他坚持,
世界便围着他转。

和孩子在一起你便变成孩子,
人与自然各自显示出童年的活力和魅力。
沉默的小鸟不是不会歌唱,孩子和世界心有灵犀。
他们泰然自若,泰然自若得如同布鲁塞尔那尊《撒尿的小男孩》。
一个三岁小男孩因为撒尿熄灭了导火索从而拯救了一座城市,他却不在意甚至不知道拯救而只管撒他的尿。
他们泰然自若,泰然自若得如同安徒生《皇帝的新衣》。

漠视物质,
亲近精神:
从妈妈的微笑,到上帝的微笑——妈妈的微笑是春天,上帝微笑是四季。
不忧虑后果,不计较得失,不在意误解——他不知道也无须知道连神都经历委屈。
因为独立,孩子才能做出准确的判断和裁决,
真诚使一切法律黯然失色。

衡量社会是看这个社会尊重不尊重孩子，
衡量国家是看这个国家说不说真话：
以孩子为标志，
因为孩子说真话。
一棵小草使一片草原不失希望，
是因为小草宁可沉默也不撒谎。

人之初，性本善。
一旦告别了"人之初"，"善"便被从大自然中无
　声无息地剥离。
李白那惊天之作"飞流直下三千尺"萎缩为一条
　内陆河流消亡在沙漠里。
做人难，难在不做驯物，更不做宠物。
不朽难，难在极易为貌似不朽所欺。
一切浮荣虚誉、过眼云烟，也只能在孩子膝下回旋
　缭绕。
所以布鲁塞尔那位只管撒尿不管拯救的小男孩便
　受敬畏。
所以安徒生笔下那位喊出"皇帝没穿衣服"的孩

子便受敬畏。

人们感慨步履维艰。
他们怯懦,
他们厌倦,
他们遁世,
他们向往天堂。
从呱呱坠地,
到凄然辞世,
挪威雕刻家维格朗描摹出首尾相衔盘旋而上的
　一百二十一个人,
一百二十一个人,
一尊完整的生命柱。
柱顶,
孩子和上帝在一起。
孩子站立的地方就是天堂,
纵使是地狱,孩子也能把地狱站成天堂。
上帝说:不能像孩子一样纯真无邪,世人怎么可能
　进入天堂呢?

苏格拉底说：
人哪，认识你自己！
没有认识自己，是因为没有认识孩子。
轻蔑孩子是自轻，
辱慢孩子是自辱，
戕害孩子是自戕。
天堂地狱只隔一步，
崩颓底线便沦入地狱。

鲁迅呐喊"救救孩子"。
究竟是我们救救孩子，还是孩子救救我们呢？

安妮，一个出生在法兰克福的犹太女孩。
犹太，被钉死又复活在十字架上的民族。
十字架由两根木头组成，它们一根叫作"坚忍"，
　　一根叫作"苦难"。
犹太人以坚忍抗争苦难。
逃避纳粹，安妮全家迁往阿姆斯特丹，
　光明像珍珠，
　隐在河蚌里。

在黑暗中书写黑暗，
两年之后，
惨死纳粹集中营。
十六岁的黑暗嵌着十六岁的阳光，
《安妮日记》，是她的墓碑。

十岁美国女孩萨曼塔给苏联领袖写信。
孩子质问：
人类为什么相互为敌？
《真理报》刊登了信，可是没有回复。
孩子为和平奔波。
十三岁，"最年轻的和平大使"罹难长空。
黑云垂挽联，
雷电致悼词，
蓝天裁剪日月之间的一方峡谷作墓地。
——对于孩子的质问，
谁能回答？

约翰内斯堡。
恩科西。

他的名字,是铜像的名字。
出生时就是艾滋病病毒携带者,
抗争现代社会病毒,
为生存,
为医疗,
为教育。
高举"恩科西雕像"他呼唤尊严:

请在意和接纳我们——拥有手,拥有脚;
能走路,会说话:我们是正常的人。
我们和任何人一样需要人的权利和尊严。
不要歧视,不要畏惧——
我们是一样的!

巴黎女孩小蒂比,
出生在非洲森林里。
对于藤蔓她是一朵花,
对于野生动物他们是姐妹兄弟。
和狒狒说话,
和豹子说话

和鳄鱼说话:
用声音,
用眼睛,
用心。
蒂比骑在野象上,
俨然一位小皇帝。
知道什么是非洲象吗?
她说:非洲象的耳朵是非洲地图。
知道什么是亚洲象吗:
她说:亚洲象的耳朵是印度地图。
那么,
人类心灵的地图呢?
好比风语者翻译野生动物的语言:
爱是提升,
提升动物,
也提升人自己。

改变世界不必等我长大:
齐雷格如是说。
我们不一定做伟大的事情,

但可以在小事中传递爱:
——德兰修女对他俯身耳语。
十二岁的孩子创办了四百所学校,
距离太阳最近的一所在阿根廷雪山极顶。
太阳是金,
雪山是银。
智慧,
金镶玉。

劳拉,
一只海鸥。
六岁独自出海,
十三岁升帆荷兰穿越北海落锚英吉利。
警察要求父亲带孩子回家,
父亲婉拒,
海鸥也婉拒。
一翅,
一翅,
一翅,
翅膀推动海洋,

海洋推动翅膀。
翅膀染蓝海洋,
海洋染蓝翅膀。
翅膀和海洋,
谁更博大?

第七个孩子没有姓名。
不是没有姓名,是没有公布姓名。
中国—四川—汉旺,
幼儿园诗歌朗诵会。
开篇就是母亲之歌《游子吟》。
刚刚打开诗册,
美便坠入地狱。
地狱惊恐:
谁敢把孩子钉在十字架上呢?
孩子被拯救,
孩子拯救诗:
一字一字摸,
一字一字刨,
一字一字抠。

十根手指,
漫天血雨。
孩子和诗册站立荒原,
告别荆棘向爱跋涉。
跋涉中,
孩子长成一尊生命柱。
生命柱上,
东方棉线琴弦一般缠绕如玉。

七个孩子,
七个音符,
金色音符建筑金色大厅。
太阳俯身倾听孩子的声音:
《神曲》。

胸膛

一位惨遭掠劫赤贫如洗的犹太巨富被投入奥斯维辛集中营。

每天起床后他做的第一件事总是擦亮皮鞋挺起胸膛应对新的一天。

他说挺起胸膛不是走向死亡而是走向尊严。

可是生活往往忽略:世上太多的人并没有胸膛。

烛光

两支美军步枪在风雪中跋涉,
它们走向风雪森林的烛光。
小女孩说:
枪冷,
让它们进来吧——
门如屏障,
隔开地狱和天堂。

之后走来两支德军步枪。
小女孩说:
枪冷,
让它们进来吧——
门如屏障,
隔开地狱和天堂。

烛光熄灭在屋门启闭之一瞬,
深蓝的温暖,

深蓝的宁静,
深蓝的感伤:
两对仇敌邂逅在深蓝的天堂。

就在小女孩点燃光明之一瞬,
警觉,
对峙,
举枪:
一只餐桌顿时变成一片战场。
临近又遥远,
柔弱又尊严,
轻微又响亮。
高举烛光小女孩子说,
今天圣诞节,
让上帝重新诞生在我们心上——
她把鲜花一一插进枪口,
便开始唱诗班的歌唱。
小女孩歌唱,
枪也歌唱。
小木屋,

金色天堂。
火柴盒上，
有安徒生画像。

卢沟桥

献给世界反法西斯战争
暨中国抗日战争胜利七十周年

卢沟桥,
民族骨骼。
扛着日月在桥上走过,
牵着江河在桥下走过。
桥面上,
走着《史记》。
卢沟桥从军:
着军装,
授军衔,
有军籍。
军龄刺在脊背上:
1937.7.7。
二十九军,
军史上最巍峨的建制:

一位军长,

四万万五千万士兵。

宛平城:

华沙、巴黎、珍珠港、伦敦、斯大林格勒、诺曼底。

冷兵器,

热处理:

五百把大刀,

火烧三次,

水淬三次,

石磨三次:

时间,

在锻打镰刀的铁砧上颤栗!

不是军犬,

是军狮。

形态各异,

性格各异,

禀赋各异。

家乡各异,

口音各异,

习俗各异。

祖祖辈辈卢沟桥,
生死相依。
一只狮子什么势气?
一群狮子什么势气?
一个狮子的民族什么势气?
501只狮子,
一个和埃及相悖又相应的人面狮身群体。
将军方阵在桥上走过,
风萧萧,
雨寒寒。
从人间,
到地狱。
六十一个同盟国家中,
阵亡将军最多的国家,
烈士军阶最高的军旅。
上将挥刀,
站着死去。
206位将军结构成一座叫作"民族魂"的山系,
和长白山、太行山、狼牙山、抗日山并肩矗立。
山河大地用四个声部唱响《满江红》:

壮志饥餐胡虏肉，
　　笑谈渴饮匈奴血……

五千年的祖国，
十二岁的士兵。
该画画的年纪，
该唱歌的年纪，
该玩耍的年纪：
却要去抗敌。
钢枪比他高，
军装比他长，
炮弹比他重。
他却卧在掩体中，
认真扣扳机。
小兵妈妈想小兵，
滴滴热泪，
站在斜阳里。
十二岁保卫五千岁，
这样的民族，

谁敢为敌？

谁能为敌？

谁配为敌？

西南联大从桥上走过，

哪一块石板上，

没有嵌着诺贝尔奖获得者的足迹？

对于五千年，

八年有多长？

良知有多长，

卢沟桥就有多长。

希望有多长，

卢沟桥就有多长。

勇气有多长，

卢沟桥就有多长。

诗歌是桥墩，

把卢沟桥巍巍举起。

没有卢沟桥的民族是悲哀的民族，

拥有卢沟桥而不知珍惜卢沟桥的民族是无望的民族。

诗歌呐喊：

良知！
希望！
勇气！

大方阵
——献给云南·松山中国远征军雕塑园

雕塑家李春华婉却捐赠资助,以两年时间两百万元资金,在抗日战争最后决战的滇西松山战场上创作出由十二个方阵组成的当代兵马俑。作品巍然屹立于松山之巅作为对中国远征军和一万国殇的悲壮纪念。捐赠仪式于2013年9月6日日本投降68周年举行。绶带落地,松涛乍起,李春华说:山下那热血奔涌的怒江,让他听到《满江红》。

东方松山,
全身烈焰。
每一片树叶都有弹洞,
每一块石头都被炮击,
每一寸泥土都经刀砍。
炽烈三个月零三天,
冷漠六十八年。
炽烈无憾,

冷漠心寒。
白骨无人收,
一万。
怒江怒,
弯成弓一盘。
惊涛裂岸,
碎颅悬崖边。

是惊醒？是痛醒？
在阴间？在阳间？
尘土去,
血迹净,
泪痕干。
一块石头一块疤,
402粒子弹,
一粒一粒嵌胸前。
抠出弹头,
又是一座山。
402个弹洞:
孔洞建筑的"尊严纪念馆"。

凤凰涅槃，
彩云之南。

中国军人！
保护百姓是义胆，
抵御侵略是铁肩。
百姓是禾苗他们是谷穗，
百姓是长空他们是霹雳，
百姓是剑鞘他们是剑尖。
他们的将军：
卫青，霍去病，
岳飞，文天祥，
戚继光，郑成功，
林则徐，关天培，
……
……
《正气歌》，
五千年。

呐喊思胸膛，

胸膛思呐喊。
中国远征军奉命集结：
原建制，
原口令，
原军衔。
军魂再远征，
向松山。
山地进攻：
军歌突击，
刺刀打援，
孩子和马走中间。
十二方阵着正装，
检阅山。

老兵方阵，
如雪原。
泪已瘦，
梦已残，
岁月不轻言。
纵使有泪：

无需弹。
走上山,
扶上山,
推上山。
轮椅上:
二十八个掩体,
二十八条壕堑,
二十八个火力点。
臂膀在这里炸残,
兄弟在这里壮烈,
刺刀在这里戳弯。
在这里,
杀死班长的鬼子,
被复仇洞穿!
班长信佛,
俯身不踩半根草,
仰面恐伤一只蝉。
端起钢枪屠罪孽,
展开树叶写经卷。
木鱼声声,

敲响一座山。
警惕啊,
人:
天地无门槛,
神鬼一念间。
谢尊敬,
免荣誉,
却礼赞:
捧把松山土,
粒粒播撒进心田。

将军方阵:
胸脯像哭墙:
刀痕察阴雨,
弹迹知风寒。
二战,
四十七个同盟国将士,
中国将军:
军阶最高,
阵亡最多。

掷手雷,
拼刺刀,
徒手战:
军长楔进血火间。
横平竖直,
顶天立地:
马革裹尸还。
老马依偎老将军:
骨兀磔,
鬃漫卷,
泪潸然。

炮兵方阵,
军神集团。
炮口是巢穴,
炮弹是金鸢。
品质有重量,
刚烈汉子爱静娴。
划一条壮美弧形,
像飞天。

松山沉默,
唯一的独白,
是雷的语言。

小兵方阵,
少年班。
和枪杆比高。
和军装比长。
伏在战壕中,
不在课桌前。
没有削铅笔,
却在拉枪栓。
意恐迟迟归,
临行密密缝。
母亲站在斜阳里,
等候硝烟。
你哭,
哭衣衫,
山哭线。

兵马俑来自时间，
蹄起蹄落，
拨弦捻弦。
一阕《别塞北》，
一阕《哀江南》。
壮美，
高贵，
凝重，
尊严。
感恩呵护，
感恩尊重，
感恩信任。
感恩使马获得神性，
厩槽似神龛。
血汗马，
命相许，
血为汗。
诗人说，
向前敲瘦骨，
犹自带铜声。

骑兵说:
骑上马背就是驾驭境界,
它引领速度,
它提升信念。
不是功勋成就战马,
而是战马成就功勋。
铁蹄嵌进石头,
拔不出,
凿不动,
折不断。

决胜方阵是步兵。
远征军,
征多远?
步兵,
用脚板丈量大地的军人。
没有军鞋用草鞋,
没有草鞋用血肉,
没有血肉用骨骼:
在大地母亲怀抱里,

跋涉和攀援。
十个脚趾十个路标,
十个路标一个方向:
向前。
子弹悲壮远征,
军人手掌养育象征。

殿后的方阵,
只有一个兵。
第402尊,
孔武又恭谦。
姓名:李春华。
兵种:号兵。
职业:雕塑家。
籍贯:佛山。
佛山,
禅。
不用青铜雕军号,
而用泥土刻声音。
美学是精神地质学,

爱,
金中之金。
军号声中,
十二方阵行进,
东方山系行进。
中国记忆,
精神制高点。
一丝,
一丝,
号兵血自胸腔出,
灼热铜管。

大撞击

天地玄黄,
宇宙洪荒。
最初的生命粒子:
○●
一颗物质,
一颗反物质。
圆润饱满,勃勃生机。
亚当,夏娃,
走进绿色音诗一般的伊甸园。
他们互相倾慕紧紧相拥:
粒子撞击!
忽如一夜春风来,
千树万树梨花开。
宇宙大爆炸:
大小板块摩肩接踵夺路而下惊魂夺魄目眩神迷。

从宇宙到尘埃都是物质,

那么非物质呢？
　　叩击线条，
　　叩击色彩，
　　叩击声音：
如果爱会衰减，
《大爆炸》当如何诠释？
《创世纪》当如何延续？
伊甸园沉默，
　　是失忆？
　　是不语？

　　"人"，
一个方块字拔地而起。
冗长使人厌烦，
　　简洁使人骇异。
　　一撇，
　　一捺。
玄奥的生命符号，
　　仅仅两笔。
两只眼睛，

两座肩头,
两副脚板。
十个脚趾指向一个方向:
进击。

母亲,
爱情,
土地:
热爱是两笔。
压迫,
恐惧,
绝望:
苦难是两笔。
日月,
雷电,
潮汐:
家园是两笔。

一笔物质,
一笔反物质,

两支臂膀构成血肉隐喻?

大撞击隐匿了反物质,

伊甸园中有藩篱?

人类构建隔离墙,

自己挡自己?

倾听墙之两侧:

远与近?

重与轻?

实与虚?

,墙哭的冷撒路耶在　　轻蔑的蓬头垢面,
。泣哭子孩听　　　　　高贵的衣衫褴褛。
,纪世创　　　　　　　第一个民主国家囚禁了第二
　　　　　　　　　　　个耶稣:
,爱绕缠枝榄橄　　　　
。闭关堂天把便帝上　　苏格拉底。
,觅寻是于　　　　　　畏惧不信神是神的怯懦,
。及埃出,路之难苦着沿　包容不信神是神的勇气。
,里八,路之难苦　　　民主囚禁自由民主蒙羞,
,生一了走稣耶　　　　神庙沦为监牢神庙不义。
。纪世个十二了走们我　原告审判被告:
　　　　　　　　　　　雷电审判天空,

风帆审判礁石,
花朵审判荆棘。
愚者封堵述说,
智者疏导述说:
人性的底线是话语。
如果说"少数服从多数"就是民主,
为什么定义民主的恰恰是权力!
少数是剑尖,
多数是剑鞘,
剑尖一旦入鞘,
剑鞘即为囹圄。
河堤保护而不是限制流水,
山脚托举而不是降低山脊。
尊重话语,
权力的权力。
一柄法锤,
落不下,
举不起。
戕害使暴力背负十字架,
判决正义正是被正义判决。
拒绝逃离是拒绝玷污,

十字架,
两条撒旦的臂膀哦:
我认识你。
你这森林中长出的犹大,
让耶稣三次扑倒在耻辱里。

□□□□
□□□□
□□□□

一尊哭墙,
一部站立的《圣经》。
额头抵着哭墙,
胸脯贴着哭墙,
哭泣的小姑娘说:
我丢失妈妈,
妈妈也丢失了我。
就是变成石头,
我也等待在这里。
哭墙哭了:
如果不能变成孩子,

　　　　　　　　　　　　　拒绝苟活是拒绝卑鄙。
人类怎么能够进入天堂呢！　举起毒酒苏格拉底说出最后
　　　在爱的等待中，　　　一句话：
　　　天堂缓缓开启……　　人哪，认识你自己！

　　　一百五十亿万年后，
　　　　　西伯利亚，
　　　　　白桦林中，
　　　百灵鸟吟唱搏动在肖邦键盘上的旋律。
　　　　　通古斯河，
　　　　　奔流的《漩涡》圆舞曲。
　　　　　飞流直下三千尺，
　　　　　火烧连营八百里。
　　　一千颗广岛原子弹的能量轰然释放：
　　　　　　大发现，
　　　　　　大重逢，
　　　　　　大惊异！

　　　　通古斯河是伊甸园吗？
　　　　火焰是《创世纪》？

仰问天,
俯问地,
怀揣五色土翱翔天宇。
风,雨,雷,电:
我带来诗国的问候。
日月舒展斑斓之羽,
拍打惊涛裂岸的银河峭壁。
金木水火土,
我把星星一一镶嵌:
水珠滴进沙漠,
落叶飘入森林,
呐喊融入雷击。
赠太阳以露珠,
太阳回馈金缕。
浩浩长空,
何处是疆域?

从卫城神庙的石柱,
到自由女神的火炬,
策杖前行,

走进斯德哥尔摩的蓝色大厅。
站在智慧的制高点上,
感受思想者的体息。
$E=MC^2$。
E,能量,
M,质量,
C,速度:
耶稣后裔如是说。
我在故我思:
反物质的能量呢?
从哭墙走来等待母亲的孩子,
她用《圣经》的语言说出

人类精神方程式:
$F=DL^2$。
F,自由,
D,民主,
L,法律。

就在俯身抱起孩子之一瞬,

轰然倾颓了伊甸园的藩篱。

大苏醒,
大爆炸,
大撞击!
爱,
反物质。
自由,
在心里。
苍穹深沉独白:
生存只是半个生命,
人哪,完成你自己!

广陵散

无意居深院,
有生栖湖滨。
疏倦为名误,
驱驰丧我真。
出门少与适,
行迈多违心。
病老知笔重,
年少觉剑轻。
余年竹林酒,
残岁七贤琴。
落日沿槽暗,
新月贴徽明。
弦索节节断,
指血滴滴殷。
平仄心自悟,
何需劳耳听?

蝉歌 50 首

蝉歌
冰心的诗
别人
财富
采风
长度
当有历史感的摄影家
异样
地狱的三楹
队列
粗度
毒药
飞翔
基地
黄昏
回忆
记忆
革命
甲壳虫
奇
进化
拒绝
军乐队长

羽毛
雷陵
铸件
山海

两幅绘画
两幅油画
骆驼
门坎
母亲
母与子
救亡人在雪地里寻找安息的羊
隐陵板
合刊子
神学
生命
手艺
手指
哑鼻
罢产
提袋
小屋
选择
一个字
一棵槐探树
遗产
重要

蝉歌

一只紫檀木雕刻的飞行乐器,
在森林里演奏它的《仲夏夜之梦》。

冰心的诗

冰心老人在我的宣纸册页上写过一首诗。
她说：

> 年轻的时候
> 会写点东西的都是诗人
> 是不是真正的诗人
> 要看到他老年的时候
>
> 　　冰　心
> 　　九、六、一九八六

老人教诲我们终生工作，
因为工作着是美丽的。

别人

母亲:世界上最重要的事是为别人服务。
孩子:那么别人呢?
母亲:别人再去为别人服务。
孩子:如果我们都首先把自己的事做好,不就给别人减少许多麻烦?
母亲:那样,我们的哲学家去干什么呢?

财富

没有财富羡慕财富。

拥有财富厌倦财富。

一旦厌倦,他便舍弃。

他把权力、金钱、名誉悉数归还给命运。

命运问:这样,你自己不是一无所有了吗?

他答:我给自己留下了应该留下的。

命运问留下什么。

他答:对于宁静创造,还有什么比时间更加珍贵的呢?

命运说:

你给自己留下财富中的财富。

采风

一位作家去天堂采风,带着两本自己的作品,他敲开天堂之门。

圣者开门,作家送上一本小说一本诗歌。

圣者指着小说问:这里面有诗的品质吗?

作家坦诚回答:缺失。

圣者指着诗歌问:这里面有你的血泪吗?

作家坦诚求教:为什么文学要有血泪?

圣者说:因为良知被钉死在十字架上。

长度

当你不能确定生命的长度,
就着手拓展它的宽度和厚度。

当有历史感的摄影家

当有历史感的摄影家,做用相机讲述人生的人。

等待

逃离往往是奔向。

德国心理学家、格式塔学派代表人物之一的柯勒为躲避迫害决定前往美国。

临行之夜,他和朋友聚首阁楼演奏室内——他们担心最后的一分钟纳粹举枪砸门。

现实和理想之间铺展着一方辽远的荒原,那片荒原叫做"等待"。

无论遭遇什么不幸,我们都必须接受一个事实:辽远。

逃离和奔向都是等待,必须学会等待。

必须安静自信地等待,直到最后一分钟。

地狱的三维

人类存在三个弱点，那便是祈求、后悔和怜悯。

祈求是把眼睛向外因而迷失自己。把祈求作为达到个人目的的手段无异于鸡鸣狗盗。

后悔是另一种祈求。是意志薄弱，是力量削减。

如果你能以后悔拯救自己你就去后悔，不然，就专心做自己的事。

不后悔苦难，苦难就得到救援。

怜悯本身可悯。别人哭泣，我们垂泪，而不是振聋发聩地给他们送去信心、意志和力量。

一切欢乐的秘诀只能是自己内心的欢乐。

人类把自己结构成"社会"。

在社会里必须适应和顺从。适应和顺从使人类抽筋去骨，于是心志迷茫，于是懦弱胆怯，于是躲避退让。

地狱由是获得三维。

队列

狗站进狼的队列自觉是狼，
狼站进狗的队列自觉是狗。
自以为狼是喜剧，
自以为狗是悲剧。
似是而非是小品。

貂皮

一群印第安人围住一家新开的店铺,只看不买。

酋长来了。

他对店主说:"我要用两块貂皮买一条毯子,用一块貂皮买一块花布。今天你给我两件货物,明天我给你三块貂皮。"

酋长取走了货物。

第二天,酋长背着他的信誉来了。

他从包里抽出三块貂皮,放在柜台上,稍后,又抽出第四块。

第四块是稀世珍品。

店主为稀世珍品骇异。他感谢酋长让他开了眼界,之后,恭敬地把第四块推了回去。

他说:"我只拿我应得的。"

收回貂皮,酋长不动声色地跨出门去,朝他的族人喊道:"来吧!来吧!跟他做买卖吧,他不会贪心,不会欺骗!"

呼喊之后,酋长转身对店主说:"如果你刚才收下第四块貂皮,我就会叫他们不要跟你打交道,还会赶走其他顾客。但是现在,你已经是印第安人的朋友了。"

天黑之前,这家店铺就堆满毛皮,抽屉里也塞满了钱币。

毒药

大战在即,将军猝然病倒。

医生看完,说:我去给您配药,这就煎好送来。

医生刚走,将军随从悄悄进言:医生有通敌之嫌,用药当慎。

将军不语。

汤药旋即置于将军床头。

汤药热气腾腾,随从冷汗涔涔。

毅然起身,坦然端药,安然服用,将军没有些许迟疑。

病愈。

大胜。

随从问药,将军笑答:

真正的毒药是谣言。

飞翔

英国雕塑家维拉德天生倾心细微。

从热爱蚂蚁开始。给蚂蚁盖房子,制家具,建宅院:创世纪一般他在手掌上创造微观世界。

长大,投身微雕艺术。

一架显微镜,一柄刻刀,一根头发是他的三维人生。

惊世之作是在一根睫毛上刻出一只飞鸟。

飞鸟舒伯特的音符一般辉煌飞翔,把大地覆盖在舒展的双翼之下。

小鸟身后的一段睫毛,被匠心独运地做成优美飘逸的尾翼。

飞翔往往看不见也无需看见:比如风,比如爱,比如时间。

孤独

一个人能够取得多大成就,首先看他做出多少舍弃。

与世无争其实是与世大争。把十分短暂、十分有限、十分珍贵的时间最大限度地集中起来并且发挥到极致:这是智者之争。

鹰争高度,麻雀为一粒稻谷作终身之恋。

鹰特立独行,麻雀成群结队。

不是离群索居,落落寡合,卑微脆弱,顾影自怜。

而是特行独立,忍辱负重,矢志不渝,荣辱不惊。

不是生态,是心态。

不是性格,是品质。

不是表象,是哲学。

孤独是规划生命和实施规划的勇气和力量。

从这个意义上说,鹰是孤独者。

人之素质的十分重要的一点,就是看他能够在什么层次上和在多长时间里忍受孤独。

忍受孤独为获取宁静：世界上没有一部伟大的作品不是在宁静的心态下写成的。

贵妇

对于女子的追慕,安徒生回以沉默。

个中不乏出类拔萃甚乃倾国倾城者。

在一次舞会上,一位俄罗斯贵妇蓦然投入他的怀抱。片刻惊异迟疑,安徒生把那位贵妇委婉推开。

蒙羞受辱,贵妇潸然泪下。

她说:达官贵胄趋之若鹜,富商巨贾媚态逢迎,我怎么就独独攀不上您呢?

安徒生惶恐负疚,不知所措。

久久,久久,他说出一句话:

我把我的爱情给了你,又拿什么给我的童话呢?

安徒生终生未娶。

回忆

我绝不浪费一分钟去回忆不愿回忆的人和事,而努力用毕生精力去创造值得回忆的一分钟。

记忆

人的一生相识并遗忘很多人。
甚至包括耳鬓厮磨、休戚与共的人。
有的死亡在遗忘里,有的复活在遗忘里。
如果死亡,就是不值得记忆。
如果复活,就是不应该遗忘。
复活的记忆才是真正的记忆。

卑鄙

良知之所以难以战胜邪恶，
是因为它们缺少一件致命的武器：
卑鄙。

甲壳虫

一只甲壳虫区别一切猛兽:
猛兽以皮肤为皮肤,甲壳虫以骨骼为皮肤。
以骨骼为皮肤,把隐秘细腻的思想珍藏在生命深
　　处。
拒绝亵渎,保卫独立,甲壳虫坚守尊严之美。

箭

射杀雁的箭是用雁的羽毛做成的。

进化

从猿到人,
又从人到猿:
一部上下卷的生命进化论。
猴子像人是人的耻辱,
人像猴子是猴子的耻辱。

拒绝

智者乐于拒绝，善者勇于拒绝，人生是从勇于拒绝开始的。
拒绝是为了等待。
人的一生其实只为等待一个人：你自己。

军乐队长

军队里最张扬的只能是军乐队长,
将军和国王则默默行走在队伍最后。

老兵

一位伤残老兵在广场拉提琴。

陪伴老兵的狗叼着他的军帽,承接人们抛来的钱币。

一位先生走来,拿过老兵的乐器,调了琴弦,替代老兵演奏起来。

天籁之音使广场成为具有国际水准的音乐会。

只一会儿功夫,狗叼着的军帽便装满了钱币。

演奏了几个世界经典曲目,之后,是一曲四川民歌《手把槐花望郎来》。

奏完,先生庄重虔敬地向热泪纵横的老兵深深鞠了一躬,走了。

全城一山一水一街一巷都认识这位老兵:

四川人,自小学提琴。

抗战入伍,为保卫这座城市失去一条腿。

一生没有离开这座城市。他说,他不能离开他的那条腿,离开腿,他和他的提琴都会倒下。
替代他拉琴的先生是这座城市的骄傲:一位获得过国际大奖的音乐家。

两幅绘画

年轻的时候画家描写过一个仰望日出的孩子,他把作品命名为《光明》。

老年,画家描写一个匍匐在黑暗里,脸上打着恐怖烙印的罪犯。

他把作品命名为《黑暗》。

画家把两幅作品挂在一起,他说:善与恶只有一步之遥。

仿佛诗歌,一句序歌,一句尾声:两幅画画的是同一个人。

两幅油画

一位画家想描绘人类的希望。

他画了一个仰望日出的孩子。

孩子睁着一双光明的眼睛,两手举向天空,面庞虔诚安详。

画家把他的作品命名为《善良》。

老年,画家参观监狱。

在潮湿的牢房里,他看见一个形容猥琐、精神迷茫的罪犯匍匐在黑暗里,脸上打着恐怖的烙印。

画家画下这座地狱,并把它命名为《罪恶》。

他把两幅油画并列挂在一起:《善良》和《罪恶》只有一步之遥。

他知道两幅油画画的是同一个人——仿佛一首诗,《善良》是开篇,《罪恶》是结尾。

骆驼

在沉默的跋涉中保持尊严。

门坎

命运之路上横亘着一道难以逾越的门坎,
它的名字叫"顺利"。

母亲

只要面对母亲,
你就是孩子。

母与子

友人问:是先有上帝还是先有母亲?

我答:先有母亲。

友人问:不是上帝创造了人?

我答:母亲创造上帝。

几乎所有的文学艺术都不敢直面母与子:因为它们不能以母亲热爱孩子的力度热爱人类。

唯一的例外是安徒生。安徒生是永远的孩子。

牧羊人在雪地里寻找失落的羊

牧羊人在雪地里寻找失落的羊。
跋涉一夜,他在距离那只羊不到一公里的地方
　倒下了。
寻找羊和寻找真理一样,
如果没有结果,
一生等同一步。

跷跷板

跷跷板的一边是个人财富,另一边是人类福祉。

个人财富的一边弹得越高,人类福祉一边也就弹得越高。

善者总是慷慨地把个人财富的"砝码"置于跷跷板的一端,从而将人道主义提升到一个新高度。

舍利子

作家必须而且首先是思想家。

思想的基石是知识。

如同检验拳击者的标准是出拳的重量和频率,检验素养的标准则是:

一,知识占有量。

二,知识更新频率。

三,利用知识的创新能力。

创新是佛,

思想是舍利子。

神学

把热爱写成敬畏，
把人们写成人类，
把人性写成神性：
文学是人学，
人学是神学。

生命

与其说热爱生命，不如说敬畏生命。

敬畏生命就是敬畏时间。如同一个人不可能两次涉过同一条河流，因为第二次打湿你鞋子的流水已经不是第一次的流水。

财富可以掠夺，权力可以垄断，而一位帝王和一位农夫一样赤条条来到人世，赤条条离别人世。

今天回忆别人，明天被别人回忆。

对于考古学家，任何一尊颅骨都具有自己的价值。

生命是尊严，而不是尊贵。

一颗钻石重过一吨石头，

一个今天，超过所有的昨天。

手艺

一位青年作家说他的父亲是位盖房子的木匠。

老人给他的训诫只有一句话:人生应该学好一门手艺。

手艺,以手创造艺术。

艺术必须以手创造。这样,人类的双手就获得品质。

老人的话让我豁然警醒到一个词汇:手艺。

我们一直把"手艺"理解成一种技能。而老人却把手艺视为尊严,并以生命投入,因而他把日常生活在斧凿之间升华为艺术创造。

作家营构一篇文章就像木匠营构一座房屋。

——在我们的笔尖和稿纸相接之一瞬,有斧凿嵌入年轮深处的热血飞溅和痛苦吗?

手指

一位音乐大师在钢琴舰盘上每秒钟能够弹奏24个音节。

指令从大脑传导到手指、再从手指返回大脑。每一个音节要求手指做三个动作——弯曲、抬高以及至少一次的左右移动。因此,一秒钟内手指至少要活动72下。

一切艺术都以技术做支撑。

艺术难度与技术难度成正比。

吮毒

士兵身中毒箭,生命垂危。
将军不顾自己的危险为士兵吮毒。
士兵的母亲轰然一声跪倒在将军面前以泪洗面悲声呐喊:
不许疗救!
将士大骇,
母亲哭诉:
将军吮毒救活第一个孩子,孩子感恩,战死。
将军吮毒救活第二个孩子,孩子感恩,战死。
这是我最后一个孩子。不吮毒至多丢掉一条腿,吮毒,他又得为将军奋力战死了。

尊严

不努力创造的人,就会因为闲散萎缩而沦为平庸。

活力产生活力。

工作越勤奋,取得的成就越多便愈有创造力,就会取得更多更高成就。

生命的尊严永远是以成就体现的。

提琴

老人不需要在他制造的小提琴上粘贴任何标志，因为除了他之外，没有一个人会为制造出一件乐器承受如此漫长的痛苦。

许多乐器制造商满足于制造廉价提琴，他们鄙夷老人孕育生命一般去制造一件他们几天就可以完工的乐器。

老人坚信：最好的商标是品质。他以诚实和勤奋使作品成为唯一而不是优秀。

创造者尊重优秀，追求唯一。

小屋

暴风雨中高山骤然倾颓,泥石流轰然而下。
灾难压在一棵树上,树压在一位母亲的脊背上。
母亲匍匐在地,以双手撑出一个空间。
这个空间里,沉睡着她的不足周岁的孩子。
如果说是屋子,这个屋子应该算作世上最小的屋子了。
母亲以柔弱的臂膀支撑着时间,直到援救到来,直到重负撤除,直到孩子被救出。
母亲的臂膀残废了,没有截肢,但再也抬不起来了。
天下的母亲为孩子构筑过多少命运之屋哦?
世上的孩子又为母亲构筑过多少命运之屋呢?
哦哦,人。

选择

中年作家面临三种抉择：

不能超越，便金盆洗手，另作他谋，给别人也给自己留下一个活力的记忆。

欲罢不能，驾轻就熟，沿惯性在技术层面上重复自己，自觉不自觉地以精力不衰、创作丰富自娱。

冷静审视、严格检讨、认真调整、勇敢跋涉。

智者选一。

弱者选二。

勇者选三。

这个第三，被称作"第二口气"。

有第二口气则生机不止，没有第二口气则萎缩衰竭。

仿佛大河，因为缺乏丰沛水系的源源注入而变成内陆河流，叹息一般地消失在浩瀚沙漠里。

一个字

在所有的文字中,有一个耐人寻味的字。

一个孩子最容易学会,成人却最难说出的字。

一个表示拒绝的字,而善于拒绝是一个人成熟的标志。

一个象征自信和尊严的字,它兼得传统哲学与现代智慧。

这个字,就是面对压迫和诱惑都敢于说出的:

"不"。

一棵橄榄树

以色列有一座城市叫做耶路撒冷,
耶路撒冷有一座大山叫做橄榄山,
橄榄山上有一棵橄榄树,
这棵树的愿望是被做成一只财宝箱。
十年树木,
它却被做成一只马槽。
橄榄树问木匠:怎么会是这样?
木匠说:
不怨不急不躁,
信心耐心爱心。
说完,走了。
一个冬天,一位母亲情急之中在那只马槽里生下她
　的孩子。
这个孩子叫耶稣,他是人类的上帝。
马槽动魄惊心、如梦初醒:
拥抱生命并被生命拥抱,不就是天下最最尊贵的财

宝箱吗?

重温木匠的话,马槽大悟:

照耀在世间一切财富之上,爱是钻石。

遗产

一位犹太人曾经进过奥斯维辛集中营。

在洗劫财物之一瞬,他吞下一枚金币。

劫后余生,他定居美国并成为巨富。

之后,倾力慈善事业。

暮年,把那枚在奥斯维辛集中营吞下的金币装入一只木盒,并把木盒交给孩子作为遗产。

捧着木盒孩子问:这是什么?

老人说:苦难。

重要

已知重要,未知更重要。
平庸于随波逐流,
羸弱于阿谀逢迎,
失格于助纣为虐:
文学的价值在于质疑和批判。
质疑和批判使人类拥有危机感,危机感使人类活力
   不衰。

169

羽毛

一支鹰的羽毛,
使一切爬行者失去高度。

曾经

弥留之际,诗人交给妻子一个本子并郑重托付:这是他的绝笔之作,请把它垫在骨灰盒下。
那个本子,其实只是小学生使用的练习册。
妻子悲怆忐忑:我能看看吗?
诗人说:当然。
一个本子上竟然没有一个字。
诗人说:这是一首长诗,它的题目叫《曾经》。

铸件

作为俄国王位的继承者,彼得大帝当年二十六岁。
看到祖国的封闭保守,因循守旧,他痛心疾首。
他率领一批年轻的王室成员走出国门。
在荷兰,他在造船厂当学徒。
在英国,他在造纸厂、磨坊、制表厂和其他工厂做工。
背煤块、拉风箱、吸烟尘,蓬头垢面,精疲力竭。
因为他的刻苦勤奋,他的同行者都不敢丝毫懈怠。
不仅艰苦劳作,倾心学习,而且像普通工人一样领取工资。
在荷兰铸铁厂学习冶金,二十九次失败,二十九次开始。直到一个月的最后一天,他终于成功铸造出一尊十八普特的铁锭,并把自己的名字铸在那尊铁锭上。
为了这尊铁锭,老板付给他十八个金币。
他问老板普通铁工铸一普特铁可以得到多少钱。
老板回答:三个戈比。

彼得说：你给别人多少就给我多少，我并没有比普通工人付出得更多。

他用这笔钱买了一双鞋，因为他的鞋已经修补过不止一次，现在实在不能再穿了。

彼得大帝铸造的第一尊铸铁现在还收藏在那家铸铁厂，第二尊在匹兹堡的国家博物馆。

人们面对铸铁，仿佛面对精神塑像。

自负

一个人可能在别人眼里显得自负,
但在自己心里恰恰不能没有自负。

雪原覆盖下的蓝色多瑙河

海涅接受安检。

警察问：您带有违禁品吗？

海涅答：带有违禁品。

警察问：在哪里？

海涅指着额头：在这里。

头颅是思想的容器，思想既禁不住更夺不走。思想的品质决定着头颅的品质。

文学也一样，它的血管里流动着思想之热血，这种流动，仿佛雪原覆盖下的蓝色多瑙河。

知更鸟

1912年。

春天。

四十九岁的西班牙自然主义哲学家、美国美学的开创者桑塔亚纳在哈佛大学讲课。

突然,一只知更鸟飞落在教室的窗台上欢叫不停。

离开讲台走到窗口,桑塔亚纳被这只小鸟打动了。

这是一只知更鸟,除了金银相间的胸毛,通体的蓝。像天空,像大海,像一颗镶嵌在海天之间的蓝钻石;那种蓝,蓝得让人不敢直视。

声音也是蓝的,蓝得仿佛一条活力奔放的《蓝色多瑙河》。

伫立蓝色时空,哲学家仿佛一尊雕塑。

许久,桑塔亚纳才转向学生。

面对学生,沉默不语。

许久,他才轻轻地说:"对不起,同学们,我与春天有个约会,现在得去践约了。"

说完,他庄重而又飘逸地走出教室,跟在知更鸟后面走向森林。

在即将步入森林之一瞬蓦然回首,他看见身后远远地、远远地,跟随着他的学生。

桑塔亚纳停下脚步。

风吹动他的衣襟像扇动羽翼,吹动他的头发像放飞思想。

热泪纵横舒展双臂扑向孩子,他高声呼唤:我亲爱的知更鸟们哪……

桑塔亚纳离别了哈佛,离别了美国,跟随那只知更鸟飞翔在他的大自然和他的自然美学里。

我们每个人都有一只知更鸟。

心,是鸟巢。

惊堂木

许衡领着他的学生奔波于战乱之途。经一梨园,学生迫于饥渴纷纷摘果。

许衡端坐园侧巍然不动。

学生说:园为无主之园,梨为无主之梨。

许衡答:梨园无主,我心有主。

之后,许衡入仕。

之后,见官场污浊,时时扼腕叹息。

友人劝:时下世心无主。

许衡答:世心无主,我心有主。

遂辞官。

辞呈说:

以权治国,不过当世;

以利治国,不及三代;

以德治国,长治久安。

留下一方惊堂木,坚硬沉实,击案铮铮有余音。

这方警世之木,乃梨木雕成。
许衡殁,后人在墓侧植一梨园。
梨园硕果压枝而无人私取。

走出非洲

非洲有一个岛国,岛国有一个热爱一百米短跑的黑人姑娘。她的祖国很小很小,小到容不下一条百米跑道。没有跑道,没有教练,甚至没有一只起跑器。

就是这么一个姑娘,来到北京,来到北京参加象征灵魂燃烧的奥运比赛。

她竭尽全力,却是最后一个跑到终点。

不卑不亢,器宇轩昂,她和第一个冲线者一样披上国旗。

她说,祖国不是叫我来起跑,而是叫我来冲线的。我冲线了,我维护了祖国尊严。

两棵树

一位姑娘在精神家园里栽插诗之枝条。

她知道一首诗、一个诗句、甚至一个诗句中一个方块字的生命,都要在火中燃烧三次,水中浸泡三次。之后,再以心血浇灌一生。

扎根舒叶,生机焕发,葱茏葳蕤:诗园成形了。

诗园中,两棵树长得最高。

相思相恋却不依不附,他们懂得在天空留出一个共同发展的空间,只让根须缠绕在大地深处。

姑娘把这两棵树分别唤作"亚当"和"夏娃"。

她把诗园唤作"伊甸园"。

我问姑娘:"诗歌当如何定义爱情呢?"

姑娘说:

"爱情就是当夏娃左臂疼痛的时候,亚当的左臂也疼痛。"

我又问:"诗歌对于生活呢?"

姑娘说:

"生活左臂疼痛,诗歌左臂也疼痛。"

沙雕

岛上游客如织。

在如织的游客中,有一对来自安徒生故乡的母女。

孩子以沙子为母亲塑像。

母亲去为孩子买饮料。

这时,可怕的印度洋大海啸发生了。

随着一声雷鸣,大地猛然颠踬。接着,一座座高达三十公尺的水墙兀兀磔磔拔地而起并铺天盖地列队压来。

黑暗之墙,

地狱之墙,

末日之墙。

满岛游客夺路而逃。

这时的小岛,仿佛一艘即将沉没的"泰坦尼克号"。

我们的小小雕塑家呢?

雕塑家的遮阳伞张开在一蓬绿荫里,雕塑家仿佛一只小松鼠覆盖在大伞下面:艺术把生活疏忽,生活也把艺术疏忽了。

众人向岸上奔跑,唯独孩子的母亲面对海啸向着沙滩奔跑。

向着沙滩奔跑,就是向着死亡奔跑呀。

一座岛一座岛被淹没——母亲奔跑。

一棵树一棵树被拔起——母亲奔跑。

一座房一座房被摧毁——母亲奔跑。

一艘船一艘船被掀翻、被抛掷,被玩具一般折断、摔碎在铸铁一般的悬崖绝壁上——母亲奔跑。

找到孩子,拉住孩子,抱紧孩子,母亲又背对地狱奔跑起来。

母女双双获救。

人类良知留下一串脚印。

天堂门坎留下一串脚印。

母亲的雕像融化在大海里。

岁月

艺术博物馆增加一件雕塑:《岁月》。

一位农妇头仰着,脚踮着,左肩背竹篓,右手举向一棵树。

脊背弯着,眼睛眯着,白发优美而又伤感地飘动成时间:老人在收获苹果。

手上一枚。

篓中七十一枚。

手掌加竹篓,一共七十二枚。

雕塑由两种材质组成:

人体是青铜,果实则是鲜活饱满的生命。

作品是艺术家为母亲制作的:七十二个年轮,她像一棵老树,扑倒在劳作一生的园地里。

参观者可以随意取走背篓里的苹果。拿走一枚,艺术家补上一枚。

艺术家说:

果实即爱,

爱不可或缺。

母亲
——汶川笔记

岷江是奔涌的建筑。

映秀是宁静的建筑。

一座桥梁仿佛映秀的肩胛崛立于岷江之上,柴米油盐在肩胛上走过,笔墨纸砚在肩胛上走过,日月雷电在肩胛上走过。岷江只是轰轰地流:逝者如斯,不舍昼夜。

作为汶川大地震的震源地,大桥和时间一道断裂了。

节节断裂。

孩子折断一根火柴,作曲家撕毁一卷乐谱,猛虎撕咬一只梅花鹿。

生活粉碎性骨折。

大桥是肩胛,映秀重建肩胛。

工地在路边,路在崖边。

绝壁悬崖由尊尊巨石垒成,那种感觉仿佛吁一口气就能倾覆的儿童积木。

儿童积木被一面面大网呵护着。

大网呵护积木,可是能够约束一座山吗?

桥梁工人作业在山河之间。

在工地和公路的结合部,直面绝壁,站立着一位桥梁工人。

普通工人:防护帽,工作服,解放鞋。一手持小红旗,一手持小绿旗。身躯瘦小,神色庄重。

特殊工人:她竟然是一位苍颜皓首、年近古稀的老妈妈。

老人说,不在编,不取酬,她是一名志愿者。

老人说,一个儿子死于巨石,另一儿子正在建桥。幸存的儿子在绝壁近边劳作,她不放心。黑压压一片和她孩子一般大小的孩子在绝壁近边劳作,她不放心。阴晴雨雪,磔磔兀立,观察悬崖,警报险情,她是一位安全员。

面对老人,仿佛面对一尊铜像。

没有也无须询问,她的名字叫"母亲"。

一只鞋子

为纪念四川地震一周年，近日随江苏作家团去了映秀、绵竹重灾区。天塌地陷，形同地狱。我有死去一次的感觉。一座全军覆没的幼儿园的黑板上写着"诗歌朗诵会"，孩子和诗歌一道殒灭在这里。在院中我拾取了一只大约是四岁女孩的塑料鞋及画笔、小勺子、盘子碎片、录音带等十件遗物，把它们带到淮阴来。4月29日下午，我以手挖穴，把它们掩埋在黄河岸边，并洒上河水。我对十个孩子说，淮阴是母亲热土，在这里你们会感受到温暖安慰。我也会常来看望你们，尤其是每年的5·12。

行走的书

书分两种：有字的书和无字的书。

无字的书就是"行万里路"。

既然出门就是读书，那又何需带书呢？

用眼睛看，用耳朵听，用手触摸，用心领悟。

如果必须带书我只带两本：

一本《唐诗三百首》，

一本《古文观止》。

这两本书是我的"圣经"。

它们伴我一生，最后用它们垫骨灰盒：因为灵魂还得接着读。

之所以只带两本而不多带，是因为得给行囊腾空间。腾出空间，装石头。

石头是大地的骨骼，带回石头就是带回骨骼。

骨骼结构成生命建筑，我用血肉书写我的《石头记》。

我在《诗刊》的日子

《浓眉下的眼睛》是我在《诗刊》发表的第一首诗。

直接寄给编辑部而不是个人。

我也没有"个人"。

寄出后没有信件往来。

直到去了编辑部,才知道责编是康志强大姐。

《我爱》写于1980年江苏作协在无锡举办的第一期读书班上。

在读书班上写,在读书班上寄。还是寄给《诗刊》编辑部而不是寄给个人。

不到一个星期,《诗刊》来信:"来稿收到,拟发第九期。"

署名:邵燕祥。

读书班一下炸了营。

仅就这两首诗歌的发表过程,就可见《诗刊》、可见中国文坛品质之一斑。

参加过一次"青春诗会",是担任"辅导老师"。

"辅导老师"一共四人:流沙河、寇宗鄂、王燕生和我。

流沙河把四个人戏称为"赵王流寇"。

学员大约十来个人,每位辅导员带领几位学员。只记得分在我那一组的有马丽华和廖亦武。

地点在大羊坊,流沙河戏称为"牧羊人和他的羊群"。

说什么老师学员?学员比老师写得好。充其量互相交流、彼此启发罢了。

事隔多年,在一次会议上和一位与会者相遇,他夸张立定,深深鞠躬,一下把我弄懵了。之后,鞠躬者抬起头来,大喊一声:班主任好!认出是廖亦武,我向他肩头猛击一拳,那个乐啊。

时过境迁,记忆不去:青春诗会!

在《诗刊》期间,富有创意且意义深远的工作是"中国首届中篇小说、报告文学、新诗优秀作品奖"的诗歌评奖。

是首届,庄严神圣。

特别认真负责。

这个认真负责,是对中国诗歌和对广大读者的认真负责。

评选方式特点有二:

一,选单篇。

二,不设评委,读者直接票选。

诗歌区别于其他文体的重要一点，正在它创新和优秀的难度。古往今来，一位优秀诗人一生能够留下几首精品力作？选单篇相对保证作品的精良。

不设评委而由读者直接票选的优点，与最近几届鲁奖的评选做个比较即可不言而喻。这一点，时间已经做出证明。

那次选评由编辑部主任吴家瑾大姐领导。

吴家瑾是一位品质学养都让人尊敬的大姐。她的领导，在底线意义上保证了读者的尊严、《诗刊》的尊严和诗歌的尊严。

工作室

清河区文化馆是我文化工作的摇篮。

前身是清江市文化馆。

它品质优秀、阵容强大、门类齐全,在省内外颇具声望。

比如臧玉琰。

臧老师受业于青木关国立音专,黄友葵先生高足,四十年代中国四大男高音之一。五十年代初,他们全家从台湾到香港,躲在一条货船煤仓里从香港回到天津。之后,进入中央乐团。"文革"排练交响乐《沙家浜》,他扮演新四军指导员郭建光。排练期间被打成"特嫌"。"特嫌"还能排演"革命样板戏"?就被发配到淮阴,进了我们文化馆。

歌唱家不歌唱,培养淮阴歌唱。

装台卸台,他拉平车。

或情之所至,热血喷涌;或借酒消愁,一浇块垒:爱上"洋河大曲",始于文化馆。

在他指导下,文化馆源源为文艺团体输血。

第一次听他的声音已是1982年。在北京民族文化宫,一曲《牧歌》的"蓝蓝"两个字刚一出口就全场掌声雷动不息!

邻座悄声问我:这老头哪里的?

我平静作答:江苏清江文化馆的。

后来我问臧老师:十多年不唱歌,怎么一开口就金声玉振余音绕梁?

他说,多年来,他用无声发音法练声,一天没间断。

东方哲学境界:大音希声。

接着,作为首次访美的"中国艺术团"之一员,去大洋彼岸演出。第一个曲目是:《祖国,我亲爱的母亲》。

"文学创作组"创办了淮阴第一份文学期刊《耕耘》。

"耕耘"两个字是茅盾先生题写的。

茅盾为《耕耘》题写刊名具有文学史意义。

《耕耘》直如耕耘:筹钱,组稿,改稿,办讲座,团聚锻炼了一批一批青年作者。

《耕耘》是《崛起》的前身。

《耕耘》走出许多活跃在文学界的中坚。

创作组成员自己写戏,写诗,写小说,频频发表,频频获奖。

甚至获得新中国首届文学奖的一等奖,获奖证书是从邓颖超手中接过来的。

我们也曾年轻过。

蒋国贵冬泳。大年初二,身着泳裤站在大闸口石栏上,引来好多人观看。噌,鹞子翻身,一条弧线飘逸辉煌地扎进冰雪河水中。拉琴专业,十米跳台跳水,也专业。

我做过鱼。代表文化馆参加纪念毛主席横渡长江,从北门桥下,到大闸口上。居然在里运河里穿城而过。始料未及,此生唯一。

郭翠红二十八岁,连轴熬夜,连轴排练。一次节目排完,砰然昏倒台上。孔雀折羽,大地一颤:文化馆的每一件作品都燃烧生命。

时下叫"AA制",当年叫"抬石头"。逢年过节,"抬石头"。摄影家王松春掌勺,作家、画家、作曲家、舞蹈家打下手,烟雾弥漫,芬芳氤氲,那种感觉,不亚于国宴或国际宴会:热爱生活者,必被生活热爱。

铁打的营盘流水的兵,离开摇篮,不忘摇篮。

摇篮更没忘记我。

逢年过节,总是区委领导来看我。

将军看望老兵。

这种看望，一次记忆一生。

兀兀磔磔、动魄惊心的是：区委在新区新建的文化馆里为我设置了"赵恺工作室"！

苍翠竹林，蓊郁劲节。

黄河拍岸而过，仿佛李白液态的诗。

"工作室"！

此生第一间"工作室"！

跋涉一生走进这间"工作室"，历经过多少"路漫漫其修远，吾将上下而求索"哦。

馆长告诉我，为了用品的配备，区委领导专门到文化馆去过六次。

仿佛锄头对于农夫，铁锤对于工匠，钢枪对于士兵，对于文艺工作者最最体己的关心是"工作"！"工作"是生命中最柔软的部分：创造。

一桌一椅，一纸一笔：轻和重？电脑开启是日出，键盘敲击是贝多芬的《命运》。

感悟"工作室"的象征意蕴：

小"工作室"屋宇栋梁，

大"工作室"天地山川。

有限，无限，区别境界。

我在电脑上设置桌面文字：

春蚕到死丝方尽，
蜡炬成灰泪始干。

伴写音乐是"竹林七贤"的古琴独奏《广陵散》。
嵇康的琴没有弦。

我的书房

我有三间书房：

一间"文本书房"，

一间"自然书房"，

一间"心灵书房"。

"文本书房"就是常规意义放置纸质书籍的"书房"了。

其实我并没有奢侈到拥有"书房"。我的"书房"只是卧室、工作室，再贴墙加上一排书橱而已。

书少，更不成系列。

追求经典：我读经典，只读经典。

仰首先贤，俯身圣哲，就有"环滁皆山"的建筑感。

行行曲水，字字流觞，就有"大珠小珠落玉盘"的音乐感。

乔布斯愿意以一生时间换取一个下午和苏格拉底作一次交谈。那么，我能天天与圣贤对坐聆听智慧，幸矣、至矣、足矣。

现代科技使"书房"的内涵产生革命性变化：一台笔记本电脑可以包容人类知识的全部，而且一秒钟就可以让知识飞行三十万公里。

用《相对论》解释,电脑延长了人类生命,而成为我的第二生命。

回眸一生,感恩许多书。永生不忘的是一篇中国民间故事:《狼来了》。

第二间是"自然书房"。

容原生态、多元化、开放性于一身,它是世间最大的"书房"。

最大的"书房"只收藏一本无字之书:《命运大百科》。

这是一本刻骨铭心、血泪交融、生死与共的史诗。

我把"自然"分作"劳作"与"跋涉"。

"劳作":

耕耘阅读"田野",

播种阅读"扎根",

收获阅读"希望"。

没有务过农的人生不是完整的人生,

谷穗教我懂得一个等同上帝的存在:母亲。

"跋涉":

高山教我坚定,

河流教我漫远,

草原教我恢弘。

——苦难教给我人生的全部。

"心灵书房"静置于胸。

就阅读言,人与人的根本差异在知识占有量、更新量和驭旧创新的能力。

一切鸟雀,都在别人的森林里歌唱出自己的旋律来。

独特甚至唯一使一切阅读都只是手段,终极目的则是"阅读你自己":

自己的目光,

自己的胸怀,

自己叛逆和否定的良知和勇气。

每个人都是一个世界,

诸多世界共有一部宪法,

这部宪法简洁得只有两个字:

尊严。

阅读"尊严",

如同阅读《圣经》。

打开这间"书房"的密码,就在各人心里。

文字和文学

无论对于个人、民族乃至国家,使命感是最高精神境界的标志。

它们的兴衰决定于使命感的兴衰。

如同太阳和月亮相互依偎、相互温暖、相互补充组成完整的光明,使命感是相互的。

国家使命感由权力和百姓组成。

权力总是强调"天下兴亡,匹夫有责"。

其实顾炎武说的是:天下兴亡,匹夫有责。国家兴亡,肉食者谋之。

匹夫:百姓。

肉食者:权力。

把"天下兴亡"这样的社稷之重推给百姓,权力干什么去了呢?

权力的底线是善待百姓。

百姓的底线是善待善待百姓的权力。

文学呢?

文学是使命的历史见证。

敢于把手掌紧贴良知，仰天俯地掷地有声地说出"不做伪证"的文字才配称文学。

青年作家

青年是年龄又不仅是年龄。

它是激情,是想象力,是创造活力。

喜马拉雅山为什么年复一年地召唤着人们去梦想、去攀登、去献身?贴近天堂,它有神性。

雪山的价值在于它矢志不渝地把空间站立成时间。

青年是人生极其珍贵的阶段。而完整的人生则必须具备"苦难·生死·爱情"。缺少三种之中任何一种经历的作家可能成为一个优秀作家而不可能成为一个伟大作家。

任何民族和国家都把他们的作家作为光荣和骄傲。可是这些作家生前往往被迫害、被放逐甚至惨遭杀戮。

苦难具有心理和生理双重内涵。皓首苍颜的托尔斯泰扑倒在他最后的风雪车站——他是死于战争还是死于和平呢?

具有现代特征的苦难是冷漠。

必须抗争冷漠。

不拒绝、不抱怨、不回避苦难。

在哲学意义上,苦难是救星。

煤是太阳石。

我想到煤。

如果不历经亿万年的压迫、黑暗、寒冷和孤独,树能变成煤吗?以漫长的苦难为代价等待一瞬的燃烧,是煤的成功。

礼赞一瞬之辉煌疏忽漫远之黑暗是人类的功利和浮泛。

要成为煤,我们需要耐心。

就像进攻是对于胜利的等待一样,时间的本质是等待。

采掘者和矿井是互相等待,读者和作家也是互相等待。

打开一本书是打开一座煤矿。读者希望文字是煤,他发现燃烧并燃烧自己。

文学拒绝煤矸石。

诗歌时代

对于文学，物质时代不是诗歌时代。

诗是自由，

自由是爱。

歌哭之爱，血肉之爱，生死之爱。

诗歌藐视枷锁，枷锁是囚歌。

再高贵的宠物还是宠物，再美丽的囚歌还是囚歌。

物质把爱逼向悬崖。皮之不存，毛将焉附？诗萎缩在爱的萎缩里。

战士坚持阵地，诗人坚持回忆与憧憬。

在回忆与憧憬之间，缺失现实。

歌哭现实，血肉现实，生死现实。

于是伪诗人如过江之鲫。

他们在做三件事：

或杯水风波，

或顾影自怜，

或不知所云。

伪诗使诗蒙辱。

古典英国说,他们宁可失去一个印度也不愿失去一个莎士比亚。

在诗与非诗之间,诗国当做何选择?

敬畏创新

爱因斯坦对一群孩子说：创造出永恒的东西，是我们成就不朽的唯一方式。

——题记

哥斯达黎加四百四十万人口，却没有一个军人。她是世界上唯一没有军队的国家。

总统阿里亚斯获得1987年度诺贝尔和平奖。

在获奖词中他说过这样一句话：

"我们的国家是一个教师之国，我们关闭了军营。我们让孩子腋下夹着书本，而不是肩上扛着步枪；我们耐心说服对手，而不是击败他们；我们把跌倒者搀扶起来，而不是去压碎他们。因为我们相信谁也不会掌握绝对真理。"

可以从他的话中提炼出两点：

一，天下没有绝对真理，人类只能完善和发展真理。

二，教育是国家的首要任务。

完善和发展即是创新。

把创新作为使命,哥斯达黎加是黑色的金子。

无独有偶的还有一个以色列。

以色列的学校倡导学生质疑乃至反对老师的观点,因为创新只能孕育在逆向思维里。

倡导逆向思维的本身就是逆向思维。

它需要勇气和胸怀,首先是胸怀。

博大的头颅包容博大的思想。

创新是使命感。

使命感是创新的原动力。

对于国家、民族乃至个人,使命感是精神境界。

国家、民族和个人的强弱兴衰以它的使命感的强弱兴衰为标志。

不是华盛顿、林肯、罗斯福造就美国,而是美国造就华盛顿、林肯、罗斯福。

任何时代、任何国家都有平庸者。可是甚至连罗马、英国的领袖们的平庸都无损于他们国家的强盛,而大流士王、亚历山大大帝、查士丁尼大帝、腓特烈大帝、拿破仑、汉武帝、唐太宗的后继者们的平庸都导致国运的衰颓——这就是使命感驻足于个人和驻足于制度的差别。

苏联的自我毁灭发人深思。在诸多原因中,重要的原因是始于极权导致国家和民族的使命感之丧失,继于无休止的内耗,终于人民抛弃极权。

事情从来是相互的。

尊重百姓的民族被百姓尊重。

爱护百姓的国家被百姓爱护。

牛顿说:作用力和反作用力大小相等方向相反。

冰心说:有了爱就有了一切。

想到中国三位当代智者。

钱学森说,为什么我们培养不出自己的诺贝尔奖获得者呢?

夏鼐说,一个哪怕是有缺陷的创新,它的价值也超过九十九个无可挑剔的平庸。

丁肇中说,创新具有三个条件,它们一是机遇,二是目标,三是实现目标的毅力。

三种表述,一个内核:创新的生态。

在缺乏使命感的生态中奢谈创新,岂非缘木求鱼?

文学艺术尊崇创新。
对于文学艺术的创新需要关注三点:
创新是终极目标。
创新是历史过程。
创新是双刃之剑。

我们行色匆匆地奔走于创新之路上。
怀着对模仿和重复的恐惧,舍命追求新内涵、新特征、新手法。不及灵魂之新就追求肌肤之新,不及肌肤之新就追求衣衫之新:
新手法层出不穷,新主义逐日更替,新观念蜂拥而出。流行歌曲如同工业流程,甚至每周推出最新排行榜。而它们刚刚面世即成明日黄花。艺术之树上多是青涩之果,让人不堪咀嚼。好比狗熊掰棒子,一面收获,一面遗弃。
生命甚至拒绝创新:月圆月缺创新吗?潮起潮落创新吗?玉米结棒子创新吗?母亲生孩子创新吗?貌似重复,实为创新:天空飘落过两片相同的雪花吗?

当代艺术传染着渗透骨髓的怠惰和平庸，我们生活在一个唯恐模仿和重复而显得极具创新意识和能力的时代。在充斥着形形色色的创新之同时，不止一个门类的艺术在急剧滑落，甚至滑落到业余的水平。连艺术院校也不能实施良好的传统教育，在鼓励创新的大合唱中，艺术院校成为领唱。艺术院校应是通过教学强制性地对学生进行模仿与重复的训练场所。前辈大师们创新突破的同时，亦小心翼翼地承继着传统。然而在当代中国，真正意义的学院派——作为艺术领域的保守势力，制约着艺术的发展方向，保证艺术在坚实地继承传统的基础上前进的学院派已经不复存在。没有讲究师承的艺术生态，艺术必然失衡，因而"创新"也就成了"创新表演"。

上帝要毁灭你就给你荣誉和地位，要成就你就给你苦难和思想。

功利诱发功利，戕害创新：这是现代生活的恶性循环圈。

一部艺术史，就是一部模仿、重复并在模仿重复中创新的历史。

好比建筑。一切优秀的建筑各不相同，但它们的构成元素都一样。元素只能是元素的模仿和重复。

好比走路。走路留下脚印。脚印只能是脚印的模仿和重复。

　　人类多少年才能出现一位大师，多数人的创新意义甚微甚至毫无意义，就意味着这多少年中多少人的创新都意义甚微甚至毫无意义。

　　更加需要创新的是科学，文化则亲近继承。

　　回眸历史，我们过见太多的文化垃圾，见过前驱后赶者留下的汗水和泪水。

　　如果可以把文学艺术史比作体育运动史的话，接力比赛往往失败在接力棒的传递上。

　　我们敬畏创新。

杜钩之钓
——何永康 胡亢美 骆冬青 吴新江《平上去入集》序

清凉山卧虎,乌龙潭藏龙:南京师范大学,中国国学重镇!

把南师教授的名字排在一起,几乎半部《中国现代文学史》。喻以弈,圭璋先辈唐先生一步撼天下。

文学院长何君永康教授携三学者诗家作《集》,让人想到当年"清华四教授"。时下,像清华四师那样集学术、创作、品格、性情于一身的智慧构建,已如凤毛麟角恍如隔世。

康美清江,曲水流觞。

平上去入,情深意卓。

意趣氤氲于诗。

卓则见二:

一是中国诗歌建设。他们写的是古体诗。古体诗,写在新诗探索历程中,且为新诗探索而写,他们的手指把握在汉诗主动脉上。

二是揭示诗之本义。诗如阳光空气无痕无迹却又无所不在。冶魂,铸形,觅字,锻章:四先生用行走昭示行走。

想到汶川。

在地震废墟上见过一所幼儿园。地狱一般的残垣断壁间,一块黑板上用彩色粉笔写着"小班诗歌朗诵会"。

黑板压着一册笔记本,首页上是孟东野的《游子吟》!

苍颜皓首的诗歌,柔嫩童稚的吟咏:生生不息的东方血脉哦。

世世代代,千家万户,哪一个中国人不是古典诗歌哺育长大的!

诗歌,诗国之歌。

不然,"关关雎鸠"如何能够成为爱情纪念碑,"慈母手中线"如何能够成为母性纪念碑,"劝君更尽一杯酒"如何能够成为友谊纪念碑,"飞流直下三千尺"如何能够成为自然纪念碑,"大江东去"如何能够成为命运纪念碑,甚至一篇古典散文也能像诗歌一样被一个民族世代传诵到今天?

中国诗歌的源头上飘扬着自己的美学旗帜:诗言志。

"诗言志"是美学的《圣经》。

在人类精神制高点上,新诗面对古诗能够"新"得起来吗?

那么,就只能以文字口语化为一臂,以形式自由化为另一臂接过旗帜踽踽前行——这就是中国新诗的基本轨迹。

旗帜接过,中国诗人对于中国诗歌的继承发扬能力却日渐衰减。

原因之一是民族文化美的衰减。

中国古典诗歌阵容中歌唱着多少集大苦难、大品格、大学问于一身者。

仅就学养言,打开一部中国诗歌史,比肩接踵、耳鬓厮磨着多少进士和状元?

苦难是无字之书。无字之书,大文化。

大学养,大境界;小学养,小境界。

大苦难,大格局;小苦难,小格局。

从整体意义说,当代中国诗人欠缺中国文化和人生苦难的两种积累,新诗当警醒丧魂失魄。

原因之二是汉语语言美的衰减。

中国古代汉语神形俱美。含蓄、简洁、神秘、优美组成审美仪式。

加上语汇创造积累和递进意义的贡献,更升华了古典诗歌的品质。

白话何咎?口语何咎?但欠缺汉语语言美的白话口语就减损审美仪式骨血感,就伤害诗。

原因之三是格律形式美的衰减。

古典诗歌的形式美以格律为重要特征。

中国方块字鬼斧神工：一个字一座建筑，一个字一个个性，一个字一条生命。横平竖直，神形兼备，铁骨铮铮，顶天立地。

就听觉言,它抑扬顿挫、余音绕梁。

就视觉言,它斗榫合缝,水乳交融。

文化美呼唤记忆，

语言美便利记忆，

形式美确立记忆。

于是刻骨铭心，于是口口相传。记忆把古典诗歌变成生活的盐。

对此，美学欲辩忘言，理论只能说出一个语焉不详的词汇：魅力。

从古诗到新诗是特定意义的解放。

我们把"解放"误认为"自由"。

解放并不是自由，而是通往自由的生态和条件。它们之间的距离仿佛铁砧与剑。砧与剑相隔着火。没有火里三遭水里三遭,铁锭如何成得了剑？

文化美、语言美、形式美:中国新诗流失中国血与火！

《平上去入集》为中国新诗提示并增添血与火。

殷殷嘱咐，语重心长。

何君说:"我们是戴着镣铐跳舞。"

何君说:"要尊重、遵守旧体诗词格律。"

何君说:"学一点旧体诗词写作,对于更精炼、更自在地写好白话诗,大有益处。"

大有益处。

益,贡献。

大益,大贡献。

《平上去入集》苦心孤诣身体力行"生活即美"。

平易奇崛,点石成金,化腐朽为神奇。

想到一座茅屋,一座依偎在乌江岸边的茅草屋。

劳作之余,远离功利、回避喧嚣,何君在乌江之畔作孤舟蓑笠翁独钓寒江雪。

乌江,《霸王别姬》处。剑胆琴心、神异诡谲的惊天壮美。

江亦啸啸,马亦啸啸,诗亦啸啸:不知是如鱼得水、是如水得鱼还是鱼水互得,总之,何君和他的诗是难舍乌江的了。

独钓竟有壮举:得硕鱼一尾十六斤,且是罕见白鱼——这哪里是钓鱼,兀磔钓起的是一个湮没于时间深处的白银时代。

日前深夜,何君自乌江发来一阕《渔家傲》。

诗云:

惊闻杜工部
制售鱼钩

"稚子敲针"诗句在,
今闻自制鱼钩卖。
贫困诗人如草芥。
工部败,
不营广厦谋糠菜。

叹我渔家诗似丐,
此钩应受千秋拜。
钓尽汉青沉底债。
民所待,
大人显要无由贷!

杜工部卖鱼钩:诗国蒙羞,良知滴血。
中国诗歌是用诗圣的鱼钩钓鱼的吗?
诗圣的鱼钩应该和可能钓出的是什么呢?
哦哦,乌江不绝如缕。

罪与罚 系列

马雅逸
茹闲
黑抵角
长轮推矩
干涸、
蚊帐
耳话
十字架。

马萨达

马萨达是以色列的一座山,它的意思是"堡垒"。

悬崖绝壁,拔地而起,如同苍天创造在死海一侧的神秘石雕。

平视为矩形,俯视为菱形。顶部刀削斧砍一般地平。山顶阵地长六百米,最宽处一百六十八米。

公元70年,包括老人妇女孩子在内的九百九十六名军民坚守马萨达抗拒罗马大军和沙尘风暴、严寒酷暑的联手入侵。

引来清泉,马萨达有水。

播种五谷,马萨达有粮。

侵略和反侵略对峙三年。

时间是功课。三年,防守者学会了防守,进攻者学会了进攻。

敌人在马萨达之一侧堆垒斜坡,死亡阴险逼向山顶。

阵地陷落前,防守者集体自尽。他们抽签选出一批战士,让战士杀死亲人和同伴,最后一人以剑自戕。

敌人得到的是池中的水,仓中的粮,和阵地上九百九十六具战士遗体。

最小的战士三岁,三岁的战士当是军事史上最小的战士了。

最具杀伤力的武器是不用武器。三岁战士用眼泪激励并投入保卫尊严的战斗。

马萨达仰面苍天,把九百九十六尊灵魂托举到太阳近边。

时至今日,一年一度,以色列国防军新兵循例在马萨达极顶宣誓入伍。

他们的誓词是:

马萨达永不陷落!

禁闭

抢滩成功。

作为尖刀部队的 G 艇官兵九名捐躯大海,两名负伤沙滩。

艇长轻伤,战士重伤。重伤在额:血肉模糊,深度昏迷。艇长抱起战士,仿佛在地狱门边抱起一座山。

一步,一步,一步,在风狂雨骤的沙石间寻找战地医院。艇长警觉:如果不立即治疗,战士随时可能死在他的怀抱里。

战地医院是一座帐篷。帐篷被分隔为诊断室、手术室、药房和病房。

天旋地转,步履蹒跚,艇长奋力掀开帐门,把战士放在室中唯一的木案上。抬头一看:空无一人!

战士奄奄一息。

艇长兀然大吼:军医呢? 军——医——!

吼声在小岛上磔磔回荡,仿佛突发海啸。

门帘开处,走来一位白发苍苍的老军医:他正在隔壁做手术。

老军医低沉冷峻:是谁在医院高声喧哗?

艇长立正军礼:报告军医,海军陆战队送来一名伤员。

老军医说：我在工作。

艇长恳求：报告军医，伤员伤势严重，性命垂危。

老军医说：送到这里的伤员哪一个不是伤势严重，性命垂危？稍等一会儿，下一个就是他。

说着预备转身。

艇长一个箭步上前拦住顽强恳求：是头部中弹，他就要死去了。

老军医低沉冷峻：请让开，我在工作！

艇长倔然不动：请您看一眼行吗？只看一眼。

老军医沉默不语。

一——二——三——四——五——六——七——八——九——十

十秒。

艇长突然拔出手枪对着老军医额头，用磔磔颤抖而又不容置疑的语气命令：请您只看一眼！

面无表情，不动声色，老军医平静认真地把艇长从头到脚打量一遍。之后，推开手枪，走向那位头部中弹的伤员。

十秒钟。

老军医低沉冷峻发出命令：立即手术！

艇长收枪退出，他和时间一道等待在风狂雨骤中。

帐门开启。老军医走到倔立风雨巍然不动的艇长面前,低沉冷峻地说:伤员脱险。只是,他会头疼一些日子。说着,交给艇长一粒血迹未干的子弹头。

接过弹头,艇长庄严军礼。他说:海军战士以大海的名义向您致敬!

说完,他预备离去。

老军医低沉冷峻:站住。在战场以武器胁迫军医,知道你行为的性质吗?

艇长立正:违犯军纪,我接受军法处置。

说着走来两名卫队官兵。

卫队说:将军,我们等候您的命令。

艇长一惊。

老军医低沉冷峻:缴械禁闭。

艇长双手缴出手枪。

卫队对艇长说:请跟我们去军法处。

正要离去,军医命令卫队:就地执行——面对大海,禁闭十秒钟。

卫队不解。

军医说:不懂吗?十秒钟就是滴答十下。

艇长面对大海。

十——九——八——七——六——五——四——三——二——一

十秒。

老军医低沉冷峻:解除禁闭,发还武器。

说完,径直走回帐篷医院。

艇长是驾着他的G艇离岛的。

同行两位:

一位是头部中弹的战士。

一位是老军医正在实施手术时被艇长中断了的伤员。伤在腿部,因手术中断感染截肢。

他,是老军医的儿子。

行进中,艇长拿出一枚奖励给他的"勇士奖章"。

他说:战争是人类之罪,罪无荣誉。

说完,把奖章扔进蓝色大海。

艇长脸上半是海水,半是泪水。海水和泪水都是生命之盐。

塞班岛

在脚触沙滩之一刹,卡帕兀然昏倒。
旗帜受阻,
日出受阻,
历史受阻:
太平洋战争受阻于悬崖之下。
急调海军陆战队中士卡帕。
卡帕是塞班岛的儿子:
海难遇险,渔妇秀子救起并收养卡帕时候,他不足一岁。
吮着乳汁长大,秀子是哺育。
草木沙石熟悉他,
海鸥游鱼熟悉他。
十岁,亲人把卡帕接回美国。
获救于斯,离别于斯,悬崖是纪念碑。
今天,刀枪居然杀回哺育来了。
任务是登上悬崖,炸毁隐蔽在崖顶的日军司令部。
除去猿猴,绝无攀援可能。
卡帕知道,在密如蜂窝的石穴中,有一条缝隙可上崖顶。

扑朔迷离、神秘莫测,塞班岛上的居民也罕知其详。

石隙之一段为溪涧所隐,只有潜水才能继续攀援。

他常在水中捉鱼。鱼在石头里,石头在他心里。

率领五名特种兵溶进悬崖。

鱼群扑他、蹭他、依偎他,似故人重逢。

潜近司令部下,和敌人只隔一层石板。

司令部灰飞烟灭,第四十三师团师团长斋藤义次当场毙命,司令南云忠一中将拔剑自戕。

全岛跳崖:百姓在前,军人殿后。

寻觅,

期盼,

等待:

卡帕和他的狙击枪匍匐成石头。

风浪走过,

木桨走过,

渔歌走过,

童年走过,

一座地狱走过。

看到了,

卡帕终于看到了秀子。

瞄准镜中，
纤毫毕现。
还是那眼睛，
还是那肩头，
还是那怀抱：
令人酸楚地支撑在木杖上。
"妈——妈——！"
卡帕一跃而起扑向拯救。
呼唤如同风浪冲击岛屿。
兀兀磔磔回旋。
一步，
一步，
一步：
他几乎奔跑了一生。
敌人的枪响了，
卡帕应声倒下。
倒下，双臂拥抱母亲一般拥抱着塞班岛。
在天堂和地狱的门槛上，卡帕死了。

长枪将军

1944年。

1月。

欧洲原野一片冰雪。

在东线切尔卡瑟这个苏德长期胶着的战场上,双方坚韧厮杀。

德军楔定在卡涅夫突出部,他们把狭长的突出部变成直插苏军腹地的利刃。

苏军以两个方面军夹击。他们不顾风雪,不顾泥泞,决心拔除心腹之患。

28日,以苏联近卫第五坦克集团军为首的精锐部队完成了对突出部的合围,这场二战史上著名的欧洲战役被称作"切尔卡瑟钢铁口袋"。

德军两个军六万人被困袋中。

被围重兵里,德军唯一的装甲部队是著名的"SS维京师"。

德军元帅曼施坦全力解围。

可是,他低估了对手。

自2月10日至2月15日,十万德军血战六天,逼近包围圈内的德军已经不到十公里了。就是这最后的十公里,竟然成为他们终生也没能走完的死亡之旅。

解围元帅电告维京师:"救援部队力量殆尽,你们只能突围自救了。"

接到电报,维京师最高指挥官施特默尔曼将军沉默了。

他明白,这份电报不是抒情诗,而是讣告。

步出指挥部,他和讣告一道跋涉战场。

走过哨兵,

走过工事,

走过堑壕,

走过坦克和大炮,

走过阵亡将士墓地。

在以帐篷搭成的野战医院旁,他久久驻足。

十二座帐篷,两千重伤员。

白雪覆盖,帐篷群落仿佛墓地。

是军规,也是道德:人类军事史上有一条古典底线——不弃伤员。

可是今天,他只能第一次背叛良心了。

两千:

两千父亲的手臂,两千母亲的眼睛。

两千赴汤蹈火、出生入死追随将军的年轻生命哦……

在两千伤员和一个维京师之间,将军做出此生最为痛苦的选择:维京师。

将军运筹突围。

苏军劝降。

认真设宴,从容待客。将军肃穆起立,庄重举杯,他对劝降使只说了一句话:军人兵刃相见。

2月16日,夜色如漆,风雪肆虐。

丢弃辎重,放弃伤员,将军部署突围。

他冷峻下令:"各部自行突围,我断后。诸位珍重,包围圈外见。"

部属大骇。

他们说:"让将军断后保护我们逃生,这是我们的耻辱。"

将军热泪潸然却不容置疑。他说:"你们年轻,我已垂暮,老人保护孩子是责任。刻不容缓,立即行动:这是命令。违令者就地处决!"

将士以《装甲兵之歌》作别:

> 如果我们为命运女神所抛弃,
> 如果我们从此不能回到故乡,
> 如果子弹结束了我们的生命,
> 如果我们在劫难逃,
> 那至少我们忠实的坦克,
> 会给我们一个金属的坟墓。

五万五千名德军以维京师为前锋实施突围。

腥风血雨,尸横遍野。

凤为军之骄子的维京师捅开缺口,被围部队潮水一般涌到河边。

对岸就有德军——可是,没有桥,没有船,甚至没有一片漂浮物:一河隔开地狱天堂。

沿河悄然拉开散兵线,侦察兵探寻浅水区。

三万五千人涉水渡河。

三万五千人。

即使一人一秒钟，三万五千人也是三万五千秒钟啊。

在那块著名的战略突出部上，施特默尔曼将军和他的战车用胸墙抵抗时间。

三万五千人中，一万五千人成功逃生，两万五千人被苏军堵截。

没有粮食，没有热水，没有一件重武器，突围者被堵截在地狱里。

苏联将军命令："我们已经给过德国人投降机会，他们不珍惜。他们不珍惜，我们就尽情厮杀！"

末日厮杀。

维京师如雪山崩颓。

打扫战场。

苏联将军命令：一定要找到施特默尔曼将军。

一辆一辆坦克挖掘，翻转，擦拭。

一具一具尸体挖掘，翻转，擦拭。

在战况最为惨烈的突出部之尖端，他们找到了战死在战壕里的施特默尔曼将军。

将军和士兵肩踵相接。

两鬓斑斑的头颅倾侧在冰雪间,一支士兵长枪紧拥在怀抱中。将军回眸遥望,遥望身后那条他至死也没能够望得见的河流。

身后,坟墓一般倔立着他那辆已被打成残骸的装甲指挥车。

看见那支士兵长枪,苏联将军轰然一颤。

他缄默得浑如雕塑。

久久,久久,说出一句话:"应该说我是身经百战的了,可是一位将军以长枪为士兵断后,这是第一次。"

把将军抬出战壕并让他面向大河,苏联将军鸣枪为德国将军和他的士兵步枪下葬。

军人为军人下葬,

老人为老人下葬,

尊严为尊严下葬。

时间,将把人性变成化石。

干渴

1943年4月19日。

柏林——奥斯维辛。

一列闷罐列车启动在地狱门坎上。

肩踵相接、灼热窒息，车厢里挤压着六百八十八位犹太人。

六百八十八，柏林最后的犹太人。

押车的党卫军军官说，柏林将成为世界上最清洁的城市。

从年届耄耋，到嗷嗷待哺，工程师、园艺师、医生、教授：他们结构成压缩版的《悲惨世界》。

悲惨世界之一角，依倚着一位提琴家。

舞台上如雷贯耳的提琴家。

车厢里缄默如鱼的提琴家。

他的被捕是在舞台上。

正在演出，演出他毕生最为倾心的《蓝色多瑙河》。

刚刚拉完两个乐句，河流就被刺刀切断。

纳粹把提琴家押进这列闷罐车。

穿着演出服，抱着他的提琴。

他说过,提琴就是他的妻子。

他怀抱他的妻子。

是美被世界放逐?

是世界被美放逐?

与其说是移动的监狱,不如说是移动的坟墓。

漫长的列车仿佛漫长的沙漠,驶过湖泊,驶过江河,驶过雷鸣电闪风雨如晦:

可是没有水。

于是收买:

车厢的缝隙中伸出一只只手掌,手掌上托举着金币、手表、戒指、项链、宝石:一列火车仿佛一座流动的珍宝艺术展览。

一件珍宝渴望换取一滴水,

一滴,

一小滴,

只要小小一滴:

可是没有水。

于是逃离:

勇敢者死于杀戮,

孱弱者死于顺从,

善良者死于无助。
一条生命渴望换取一滴水，
一滴，
一小滴，
只要小小一滴：
可是没有水。

提琴家怀抱提琴一动不动，
他干渴。
他干渴，
提琴干渴，
乐曲干渴。
干渴是战争。
从血肉，
到骨骼，
到灵魂，
悄无声息，
步步进击：
直到把生命逼成石头。

干渴中,提琴家在心里演奏他被刺刀中断了的演奏。

多瑙河,那静静流淌在女人洁白肌肤下的蓝色血脉一般的多瑙河哦。

叮咚,叮咚,叮咚,

蓝色,蓝色,蓝色。

一条琴弦一条溪涧,

一粒音符一粒水珠。

轰隆、轰隆,轰隆——

列车步履轰鸣成生存权利的呐喊。

终点,幸存者干渴成石头。

有血有肉,

有恨有爱,

有歌有哭,

一尊尊背负着十字架从耶路撒冷跋涉出来的石头哦。

只有一人没下车:他就是那位依倚在车厢犄角里的提琴家。

不是不下车,而是他和他的提琴都没有力量下车了。

一片枪口对准他。

站起身,抱着提琴,一寸一寸,步履维艰地挣扎到车厢门口。
仿佛雕塑,他站立在他的舞台上。
缓缓举琴,缓缓拉起他没有演奏完的《蓝色多瑙河》。
转瞬之间,枪口仿佛地狱长出的耳朵,
枪口在倾听美。

扑进湖泊,
扑进江河,
扑进雷鸣电闪风雨如晦。
他是海鸥,
他是水草,
他是游鱼。
雨水是上帝之泪。
他是泪滴。
在如水梦幻中他变成石头。
《蓝色多瑙河》如同大地之血,
血液流淌净尽,
美扑倒在干渴中。

绞索

现代死刑的极刑是绞刑。

沉稳、坚强、敏捷、力量：

职业要求绞刑师具有特殊禀赋。

阿尔伯特是绞刑师。

驰名国际的英国职业绞刑师。

视绞杀为正义。正义惩罚罪恶。

审慎规范，技艺精良。

他的职业准则是：让囚犯瞬间死亡，是绞刑师的人道职责。

一生处置过六百零八个人。

有过两项堪称成就的经历：

一是创造过七点五秒处置一名死囚的世界纪录。

二是在纽伦堡绞杀过纳粹战犯。

1945年11月20日，国际军事法庭在德国纽伦堡开庭审判纳粹战犯。

宣布绞刑犯十二名。

他们当中有：

戈林，里宾特洛甫，凯特尔……

宣判公布，举世震撼。

焦点之一，是由谁来行刑。

驻德英军司令蒙哥马利元帅指定阿尔伯特。

他说，"世界上最高效最人性的"绞刑师在英国。

购置皮鞋，浆洗衣衫，阿尔伯特仿佛出席仪典。

12月11日到达纽伦堡。蒙哥马利备酒洗尘。

任务艰难而具体：一天内处决十二名。

漫长的一天。

十二个人，十二次战争。

清洗、入殓，让他们体面地走完最后一程。

清洗完毕，发现少了一口棺材。助手说，军需处太远，补领麻烦，干脆拖去焚烧算了。

阿尔伯特激愤震怒。

他说，十二个人，必须十二口棺材。

死者已经付出代价，用生命偿还了罪恶。

生是尊严，死也是尊严。我们应该维护尊严。

给阿尔伯特致命一击的,是第六百零八例。

那天,隔着绞索圈的是一位姑娘。

姑娘很年轻,才二十一岁。

姑娘很美,仿佛雪莱的诗。

姑娘的母亲,是少年阿尔伯特的邻居。青梅竹马,相濡以沫,人生最初的爱。

二十岁生日那天,姑娘唱了一首爱尔兰民歌《丹尼少年》。

《丹尼少年》是姑娘母亲的最爱。

一只百灵鸟,栖息在阿尔伯特心头。

这位姑娘,为何被推上绞架?

姑娘在一家酒店做美容师,一名市府官员借酒发狂企图施暴。

坚拒不成则自卫。姑娘操起工具刀,刺穿施暴者的肝脏。

姑娘投案。

法院判决:防卫过当,死刑。

终审判决。

隔着绞索圈,姑娘灿烂地笑了。

她问:我能唱歌吗?

阿尔伯特点点头,热泪流成阿拉伯树胶。
姑娘唱了《丹尼少年》:
这是百灵鸟在用歌声送葬?

回到家,阿尔伯特书写辞职报告。
辞职报告只有三行:

> 作为绞刑师,
> 我绞死公正,
> 也绞死了自己。

那一年,
是 1957 年。

耳语
——巴顿墓

一个人一个世界。

世界大战首先是个人之战：

个人的品质，个人的性格，个人的尊严。

军人墓碑是大地骨骼。

巴顿将军墓骇世惊俗。

他的誓言：军人该战死最后疆场。

他的遗言：死后与麾下葬于一处。

墓园在卢森堡哈姆小镇森林一侧。

以弹坑作墓穴，和捐躯者生死相依。

二战美军公墓散布世界十四处，巴顿是唯一葬身于祖国之外的将军。

二百年西点军校，培养出三千七百位将军。母校只为四位铸造铜像，巴顿是其中之一。

同盟国共同评价：巴顿是神性存在。

隆美尔元帅深深感慨：与巴顿对垒使我一生贯穿震撼。

战争与和平,巴顿保卫和平。

国家与人类,巴顿敬畏人类。

地狱与天堂,巴顿跋涉地狱。

阿登战役是欧战的转折。

巴斯通是阿登战役的转折。

第101空降师被围,德军送来劝降书。

师长麦考利夫将军大喝:放屁！于是,这封只有两个字的复电成为世界军事史上的经典。

巴顿解围:第三集团军赴汤蹈火、兼程日夜、长途奔袭。

队伍中行进着巴顿将军,也行进着那位被将军抽打过钢盔的士兵。

战场是铁砧,锻造者在战场上把怯懦锤打成无畏。

将军发表了被风雪打湿的《巴顿演说》:

……二十年后坐在壁炉一边,你的孙子坐在你的膝盖上问你:"爷爷,你在第二次世界大战时都干了些什么呢？"你不用尴尬地干咳一声,把孙子移到另一个膝盖上,吞吞吐吐地说:

"啊……爷爷我当时正在路易斯安那铲牛粪呢。"恰恰相反,弟兄们,你可以直盯着他的眼睛,理直气壮地说:"孙子,爷爷当年在第三集团军和那个狗娘养的乔治·巴顿并肩作战呢！"……

一日长于百年。
两天，一百九十二公里！
第三集团军和101空降师里应外合吹响了集结号。

阿登战役是拯救。
卢森堡把巴顿尊为"解放者"。
巴顿把指挥第三集团军视为终生荣耀。
巴斯通是他的最后疆场，之后一切战事，只是狩猎。
圣诞节后第四天，卢森堡建筑美军墓园。
阵亡将士五千零七十六人。有女护士，二十三对同胞兄弟，一百零一位无名烈士。
森林、湖泊、山坡、草坪，结构天国。
钟楼、教堂、圣经、壁画，缠绕诗音。
玉雕女神凝神谛听：钟声是苍天独白。
墓碑苛酷简约：姓名，生卒时间，牺牲之战。
巴顿将军墓碑序列与全体将士同。
他的碑刻：

乔治·S·巴顿　第三集团军上将　军号02605

与上将并肩的是底特律人约翰·赫齐瓦恩，上等兵。两尊石头并肩耳语。

十字架

创造人类,人类却相互杀戮:
上帝陷入二律背反。

盟军进军罗马,遭遇古斯塔防线阻击。
制高点是卡西诺山,
卡西诺山制高点是修道院,
修道院制高点是十字架。
始建于529年,修道院是宗教建筑的经典。
七百件艺术瑰宝使它成为艺术之宫。
十字架以阿尔卑斯山金丝楠木制成,穿过日月峡谷直入云天,仿佛一柱支撑人类良知的脊椎。
德军守山,
盟军攻山,
作为人被置入斗兽场,
攻守双方又都把斗兽场视作天堂。

矛与盾在天堂内外思考。

矛想：
以圣地作掩体是军人的耻辱，让上帝作殉葬是战争的耻辱。

指挥官含泪下令：
轰平修道院，不让十字架蒙羞。
上帝：请把我钉死在十字架上！

盾拒绝亵渎天堂：他们仅把工事筑在修道院外。
还把艺术藏品转移出去，让美远离战火。
尊重爱护院长，他们劝说转移。院长婉拒：与上帝同在。

炮响了。
高四十五公尺、厚三十公尺的石墙在亚得里亚海的蓝色里颓然倾倒。
修道院顶的十字架伸展双臂拥抱大地。

废墟中走出二十世纪的《出埃及记》：
上帝背负战场，
天堂背负地狱。

七十六岁的老院长背负着十字架,
修道士列队行走于峭壁仿佛贴着耶路撒冷哭墙。

天地之间双方将士虔敬起立,他们以宗教仪典护送十字架。
四个月,
太阳被击成残片。

悼念时间,
疗救空间。
十字架下长出战争公墓:
矛在左,盾在右。
墓碑是石雕:《门》。
一轴,
两扇。
一启,
一闭。
启闭之间,
区别天堂地狱。
凿迹,
是十字架永不结痂的创伤。

后记

2005年，我在人民文学出版社出版了《赵恺两卷集》，一册为"诗歌卷"，一册为"散文卷"。十年后，结集出版这本书。关于书名，原为《两卷集后》，友人在书中选出一首《共命鸟》的篇名作书名，说我此生与诗歌共命。

书中有诗歌、散文和小说。有人说我的散文是"诗体散文"，小说是"诗体小说"。诗歌是文学之魂，我把它们和诗歌一道视为"分行和不分行的诗"。

我的电脑桌面是一个字："還"。沧桑老骥，可行可止。在一生恩惠中，受之不尽、报之不完的恩惠是中华民族给我的"方块字"。横平竖直，铁骨铮铮，顶天立地，巍峨浩然：能用方块字写诗，是建筑意义的大幸！

从这个意义上说，中国诗歌与中国共命。

写诗是以心血报答爱。

此书汇聚着许多诗友的心血。思民先生的统筹运作，月明先生的搜集编辑，纵使一一屈指，也只能是挂一漏万，徒叹愚拙：容我镂骨铭心了。

且让我们与诗歌共命。

2015.7.7 卢沟桥枪响六十八年